Matt van Bogen

Ein Greenhorn in Florida

Die wahre Geschichte eines Austauschschülers, der zu Beginn der Achtzigerjahre zwölf spannende Monate in den USA erlebte. Und das ohne Smartphone! Erzählt vom Autor im Alter von 16 bis 18 Jahren und jetzt wiederentdeckt.

Die Namen aller Personen in diesem Buch wurden geändert.

Besonderer Dank gebührt meinen Eltern, die diese Erlebnisse erst möglich gemacht haben.

www.mattvanbogen.com
ISBN: 978-3-9819911-1-6
Coverdesign: Kai Bessler, Hamburg
Copyright©: Matt van Bogen, 2018

Inhalt

Vorwort

Greenhorn, ein merkwürdiges Wort, nicht wahr? Ich hatte es in einem Roman von Karl May entdeckt und fand, dass es ganz gut zu mir passte; zumindest damals, bevor ich meine einjährige Amerikareise antrat. Ein Greenhorn ist ein unerfahrener junger Mann – und das war ich ja zu dieser Zeit! Mit dem vorliegenden Buch wollte ich meine Erlebnisse in den USA festhalten, die positiven wie die negativen. Fast drei Jahre lang habe ich an dieser, meiner „Floridastory" geschrieben, neben meinen schulischen und musikalischen Aktivitäten. Ich wollte über Amerika berichten, wie ich es erlebt habe, solange die Erinnerungen noch einigermaßen frisch waren.

Mein Jahr als Austauschschüler in den USA erstreckte sich vom Sommer 1980 bis Sommer 1981. In diesem Jahr wurde Ronald Reagan Präsident, das erste Space Shuttle flog in den Orbit, die Jungs trugen Mittelscheitel, die Mädchen Fönfrisuren und alle Welt schaute die TV-Serie „Dallas". Mein Ziel war es, die Menschen so zu beschreiben, wie ich sie kennengelernt habe, und wie ich mich in ihr Leben eingefügt habe. Inwieweit mir das Zeitportrait letztlich gelungen ist, möge der Leser selbst entscheiden. Etwas Selbstkritik ist sicherlich ebenfalls dabei.

Auch wenn bereits Jahrzehnte vergangen sind, könnte ich mir vorstellen, dass der eine oder andere Schüler, der an einem Austauschprogramm in die USA teilnimmt, oder zumindest mit dem Gedanken daran spielt, einiges von meinen Erlebnissen lernen kann. Ich wünsche jedem Leser, jung wie alt, viel Spaß beim Lesen!

Ein Jahr ohne Schwarzbrot

Der Verkehr kam nur zögernd voran. Nach und nach zwängten sich PKW und Lastwagen aus dem Schlund des Elbtunnels, um auf der anschließenden Schnellstraße in Richtung

Hamburg-Innenstadt voranzukommen. Im Stau steckte ein jadegrüner Opel Rekord, direkt hinter einem großen LKW, der nicht nur die Sicht weitgehend versperrte, sondern die auch noch die Insassen des Wagens hinter ihm mit seinen Abgasen einnebelte.

Diese – vier an der Zahl und aus Bremen kommend – waren eine ganz normale deutsche Familie. Der Vater saß am Steuer und suchte mit den Augen die Umgebung nach irgendwelchen Hinweisschildern ab. Die Mutter auf dem Beifahrersitz versuchte durch plötzliche Ausrufe und Handbewegungen ihren Beitrag zur Auffindung des Ziels zu leisten. Das Herumfuchteln meiner Mutter und ihre Redseligkeit hat mein Vater mitunter gerne auf die Schippe genommen. So sagte er einmal im Urlaub auf einer Wanderung zu mir:

„Rehe werden wir wohl keine zu sehen bekommen. Deine Mutter ruft dann sofort: „Da! Ein Reh!" Und weg ist es…"

So kam es, dass dieser Ausruf in unserer Familie zu einem geflügelten Wort wurde, wenn Mutter wieder einmal aufgebracht redete. Einer sagte dann immer:

„Da, ein Reh!"

Hinter „Dad" räkelte sich mein vier Jahre jüngerer Bruder und sah betrübt nach draußen. Zugegeben, vorbeiziehende Industriegebäude und Schornsteine waren ja auch kein besonders attraktiver Anblick.

Als Letzter im Bunde: ich selbst, Matt. Zu jenem Zeitpunkt gerade 15 Lenze jung und etwa 1.80 m groß. Ein wenig verloren dachte ich über mich selbst nach. Wer bin ich eigentlich und was habe ich bisher erlebt? Ich war damals ein grüblerischer Mensch; solange es meine Zeit eerlaubte, saß ich in meinem Zimmer, legte eine gute Schallplatte auf und begann nachzudenken. Über meine Zukunft und meine Freunde, über schulische Probleme – sofern ich denn welche hatte - über die Mädchen und über Gott und die Welt.

Zum nachdenklichen Teil von mir kommt aber zugleich der mitteilsame. Ich redete nämlich gern und viel und nicht immer hatte alles davon Hand und Fuß (Einsicht ist der erste Weg zur Besserung!). Oft nahm ich mir vor, mich zu ändern. Aber wozu? Man kann halt nicht raus aus seiner eigenen Haut! Und wäre man so nicht unehrlich mit sich selbst? Die Freude an der Darstellung hatte nämlich auch Ihre guten Seiten. So bekam ich dadurch des öfteren kleine Rollen fur Schulfunkaufnahmen bei Radio Bremen und auch meine mündlichen Noten in der Schule waren zumeist ganz brauchbar. Doch wenn Lehrer oder Klassenkameraden wegen dummem Gerede gerade mal wieder sauer auf mich waren, legte ich ein nachdenkliches Stündchen ein und fragte mich:

„Was war denn jetzt schon wieder falsch?"

Ich hatte eigentlich immer nette Freunde, die oft zu mir kamen und mit denen ich jederzeit alle Möglichre bereden konnte. Auch die Klasse war meistens wohlgesonnen. Da habe ich mich schon manchmal gefragt, was es denn war, was sie an mir mochten. Das Äußerliche dürfte es wohl kaum gewesen sein. Mein Steckbrief: blond, blauäugig, schlank, aber – nach meiner damaligen Einschätzung – nicht sonderlich schön.

Zu meinen Hobbies zählten in erster Linie die Musik (ich spielte Trompete) und der Modellflugzeugbau (ich wollte schließlich mal Pilot werden!).

Doch zurück zum jadegrünen Opel im Stau. Vor gut einer Stunde waren wir in Bremen losgefahren und hatten seitdem nicht viel geredet. Plötzlich tauchte am Straßenrand ein Schild auf und meine Eltern riefen fast gleichzeitig: „Da!", während mein Bruder aufschreckte und automatisch ergänzte:

„Ein Reh!"

Es war allerdings kein paarhufiges Waldtier, welches die Straße kreuzte, sondern ein Schild mit einem Symbol, das ein Flugzeug darstellen sollte, wohlgemerkt einen Düsenjet. Dies sei deshalb erwähnt, da an Bahnübergängen bis heute noch immer Dampflokomotiven abgebildet sind, obgleich diese ja heute nur noch als Museumsbahnen fahren. Neben dem Flugzeugsymbol stand: „Hamburg-Fuhlsbüttel

100m rechts." Wir waren also auf dem Weg zum Hamburger Flughafen.

Nun könnte man natürlich annehmen, es handele sich um eine Familienreise nach Rom oder Mallorca. Falsch gedacht! Wegfliegen sollte nur einer, und das war ich. Doch auch meine Reise war keineswegs ein Urlaubsvergnügen. Vor mir lag ein einjähriger Studienaufenthalt in den USA. Die Idee stammte ehrlich gesagt zunächst von meiner Mutter. Sie hatte von einer Organisation erfahren, die es jungen Leuten ermöglichte, bei Gasteltern einen zwölfmonatigen Auslandsaufenthalt mit gleichzeitigem Schulbesuch zu erleben. Nachdem ich im September 1977 mit dem Bremer Jugendblasorchester von einem fünftägigen Aufenthalt in New York zurückgekehrt war, hatte ich meinen Eltern ständig in den Ohren gelegen, dass ich noch einmal in das tolle Land Amerika zurückwollte. Aber ein ganzes Jahr? Das erschien mir zu dem Zeitpunkt dann doch zu viel, und so geriet die Sache fast in Vergessenheit. Im Frühjahr 1979 griff meine

Mutter das Thema noch einmal auf und ließ sich von einer Austauschorganisation die erforderlichen Unterlagen schicken. Doch inzwischen war bei mir die Lust verflogen, ins Ausland zu gehen. Gerade passte zuhause alles recht gut: In der Klasse hatte ich einen guten Stand. Im Jugendblasorchester wurde ich erster Trompeter, ich war Mitglied in einem Modellrakentenclub und nahm an meinem ersten Tanzkurs teil. Außerdem hatte ich mich just in eine kleine Schwarzhaarige verknallt. Und was mir gar nicht gefiel, waren die Argumente, die meine Eltern hervorbrachten, um mich ein Jahr lang ins Land der unhegrenzten Moglichkeiten zu locken:

„Dann wirst du endlich mal vernünftiger." oder:

„Deiner Englischnote könnte es auch nicht schaden!"

Und so weiter und so weiter. Mit meiner Drei in Englisch war ich eigentlich ganz zufrieden und Vernunft erschien mir bei diesem schönen, abwechslungsreichen Leben völlig fehl am Platze. Meiner Meinung nach wäre so ein Amerikajahr ein gravierender Einbruch in den normalen Ablauf meines Lebens gewesen. So warf ich die Unterlagen letztendlich einfach weg. Meine Eltern waren darüber ein wenig enttäuscht, glaube ich. Ich spielte also weiter im Bremer Jugendblasorchester, das zunehmend erfolgreicher wurde. Eine Schallplatte wurde produziert, Werbeprospekte wurden gedruckt und zweimal wöchentlich gab es Konzerte. Das war ganz schön viel! Schließlich hatte sich so viel Geld in der Orchesterkasse angesammelt, dass eine weitere Reise in die USA finanziert werden konnte. Es ging abermals zur Steubenparade nach New York, aber auch nach Philadelphia, Buffalo und an die Niagarafälle.

Und siehe da: Amerika beeindruckte mich aufs Neue. Es gab vieles, was ich auf der ersten Reise gar nicht wahrgenommen hatte. Außerdem waren wir diesmal zehn Tage in dem Land und da bekommt man schon eine ganze Menge mehr mit als in nur fünf Tagen, der kurzen Zeit, die ich beim letzten Mal dort verbracht hatte. Mir gefielen die netten Amerikaner, die merkwürdigen Dinge, auf die sie so kamen, die schönen Landschaften des Bundesstaates New York und die riesigen Autos. Nach einem Konzert in einer Highschool in Buffalo (in Gedanken sehe ich noch die hilfsbereiten, hübschen Mädels vor mir…) dachte ich wieder ernsthaft über ein Amerikajahr nach. Bei so viel Gastfreundschaft dürfte es doch eigentlich ganz angenehm werden!

Zum Aufpolieren meiner Englischkenntnisse wäre das Ganze sicher auch von Nutzen; ebenso für mein Berufsziel. Ich wollte ja immer noch Pilot werden. Auf meine liebsten Dinge zu Hause würde ich sicher ein Jahr lang verzichten können. Bei der Ernährung hatte ich allerdings starke Bedenken. 365 Tage lang nur „Hamburger", „Hotdogs" und Weißbrot – würde ich das überstehen?

Ich beschloss den weiteren Verlauf der Dinge abzuwarten.

Zwei Tage, nachdem ich wieder zurück war in Deutschland, kam ein ehemaliger Austauschschüler der Organisation YOUTH FOR UNDERSTANDING (YFU) in unsere Klasse, um für dieses gemeinnützige Netzwerk zu werben. Er war selbst gerade erst „drüben" in den USA gewesen und berichtete über seine Erfahrungen als Austauschschüler im US-Bundesstaat Michigan. Das klang alles sehr interessant!

Nun stand mein Entschluss fest: Ich riskiere es! Aus meiner Klasse war ich der Einzige, der diesen Schritt wagen wollte. Aber in meiner Parallelklasse gab es eine weitere Mutige – Ines –, die ebenfalls entschlossen war, das Land der unbegrenzten Möglichkeiten näher kennenzulernen.

Damit fing dann auch ein enormer Papierkrieg an. Ich musste alle Infos zu meiner Person genauestens angeben. Von meinen Hobbies bis hin zu einer Charakterschilderung wollte man alles ganz genau wissen. Allerdings wurde nicht gefragt, in welchen US-Bundesstaat ich gerne wollte. Unaufgefordert gab ich Florida an. Dies war aber damals für mich wichtig, denn ich hatte von unserem Wetter in Bremen die Nase voll. Insbesondere im Jahr 1979 hatte es in

Norddeutschland reichlich Schnee gegeben. Ich sehnte mich nach Sonne. Mein Hobby, der Modellbau, und die Hoffnung auf Wärme waren wohl ausschlaggebend für den Wunsch, in eine angenehm temperierte Ecke Amerikas zu kommen. Florida fand ich auch nicht ganz schlecht wegen dem Kennedy Space Center.

Zwei Wochen, nachdem ich alle Unterlagen abgeschickt hatte, lud mich die Organisation zu einem Auswahlgespräch mit anderen Bewerbern aus Bremen ein. In meiner Runde waren noch zwei weitere Jungen und ein Mädchen. Dabei wurden Vernunftfragen gestellt wie:

„Was würdest du tun, wenn du plötzlich 10.000 DM zur Verfügung hättest, die du in einer Woche ausgeben sollst?"

Wie schon erwähnt: Ich war nicht gerade mundfaul. So fielen mir tatsächlich auch sehr vernünftige Dinge zu diesem Thema ein, wie etwa einen großen Teil des Geldes zu sparen. Entsprechend war das Resultat dieser Prüfung auch nicht sonderlich erstaunlich: Ich war angenommen!

Florida, I'm coming!

Ich musste gar nicht lange auf Antwort warten. Schon Anfang Dezember kam der Brief von YFU:

„Lieber Matt, unser Wahlausschuss hat Dich endgültig für den USA-Austausch ausgewählt."

Das Staunen bei Freunden und Verwandten war groß und bald nervten sie mich alle mit den gleichen Fragen:

"Freust du dich denn schon?"

„Wo fährst du denn hin?" und

"Wann geht's denn los?"

Zunächst konnte ich noch keine dieser Fragen beantworten, schon gar nicht diejenige, ob ich mich freuen würde. Es war ja noch alles offen und erfüllte mich mit einem Gefühl der Ungewissheit.

YFU lud die künftigen Austauschschüler ein zu einer Vorbereitungstagung nach Mölln ein, der Till-Eulenspiegel-Stadt in Schleswig-

Holstein. Wir waren ungefähr 70 Amerikafahrer aus Bremen und Umgebung, die hier ausführlich über den Begriff „fremde Kultur" unterrichtet wurden. Ferner sprachen wir über die deutsche Geschichte und wie wir damit in einem Gastland umgehen sollten; auch erhielten wir viele weitere praktische Tipps für die Reise. Am Ende der Tagung verstanden wir uns alle so gut, dass wir beschlossen, uns im Vorfeld hin und wieder zu treffen. Und im Zug sangen wir:

„Singing ja-ja-yippi-YFU…!"

Das neue Ziel vor Augen, schien sich die zweite Hälfte meines zehnten Schuljahres unendlich in die Länge zu ziehen. Die Lehrer bemängelten meine schlechte Konzentrationsfähigkeit und die Noten wurden auch nicht besser. Aber wie soll man sich auch konzentrieren, wenn man sich in Gedanken schon irgendwo in Kalifornien oder Texas unter Palmen sieht?

YFU ließ sich nun mit allem sehr viel Zeit. Im April wurde mir der Abflugtermin mitgeteilt, im Juni erhielt ich einen Berg von englischsprachigem Informationsmaterial und – leider erst zwei wochen vor dem Start – die sehnlich erwartete Adresse. Man hatte für mich eine Gastfamilie in Florida gefunden! Genau dort, wo ich gern hinwollte. Das Städtchen heißt Cocoa (sprich: Coko); es liegt fast direkt am Atlantischen Ozean in der Nähe des Kennedy Space Centers. Das konnte ja nur gut werden! Entsprechend wählte ich mein Reisegepäck. Gegen jeden warmen Pullover, der mitsollte, protestierte ich lautstark. Schließlich konnten meine Muter und ich uns auf einen einzigen einigen, den ich allerdings später heimlich zurückschicken wollte. Dann kam der Abschied von Freunden und Verwandten.

Jeder wollte mich vor der Reise nochmal sehen, die Hände schütteln oder auf die Schulter klopfen. Und jeder sagte und wünschte mir das Gleiche:

„Viel Glück mit deiner Familie.“

„Viel Erfolg mit deiner Trompete.“

„Viel Spaß.“ Und immer wieder: „Viel Glück!“

Ich nahm guten Ratschäge geduldig entgegen, schließlich wollten alle ja nur mein Bestes.

Doch zurück zum grünen Opel Rekord, der auf dem Weg zum Hamburger Flughafen war. In Gedanken zählte ich noch einmal alle Gepäckstücke auf. 30 Kilo waren erlaubt, Koffer und Handgepäck zusammengerechnet. Darin enthalten waren Geschenke für meine Gastfamilie, YFU-Unterlagen und Schreibzeug. Auch mein erster elektrischer Rasierapparat war dabei. Er war zwar noch nicht unbedingt erforderlich, aber na ja, ein Jahr ist lang! Wer weiß, wie sich mein Bartwuchs entwickeln würde? Das Handgepäck bestand aus meinem mit bunten Aufklebern versehenen Trompetenkoffer, der nicht nur das neuwertige Instrument, sondern auch meine Ausweise und etwas Reiselektüre enthielt.

Mein Bruder schaute nun nicht mehr so trüb aus der Wäsche. Er hatte die Scheibe heruntergekurbelt und ein frischer Wind blies ihm um die Nase. Die Tatsache, mich für ein Jahr los zu werden, hatte ihn anfangs sicher gefreut. Aber: Wer sollte ihm während meiner Abwesenhelt seine elektrischen Spielsachen reparieren, seine Rennautos und die Eisenbahn?

Na, dachte ich, der wird schon noch merken, was er an mir hat. Nun, vielleicht war es für ihn gar nicht so übel, mal alleiniger Kronprinz zu sein. Er könnte sich ja meine Platten anhören (okay, wenn er keine Kratzer drauf macht), sich meinen Modellflugzeugen nähern (strengstens verboten!) und seinen Freunden meine Stereoanlage zeigen (gerade noch akzeptabel). Kurz: Er könnte an meine Sachen gehen, die ich ihm sonst nur sehr ungern überließ. Hm, an was man nicht alles dachte, wenn es hieß, ein Jahr lang weg zu sein von zu Hause!

Mein Vater hatte inzwischen den Flughafen gefunden. Wir parkten vor der großen Abflughalle. Da er mir angeboten hatte, mein Gepäck zu tragen, konnte ich mich ungehindert bewegen und steuerte gleich auf zwei Mädchen aus der YFU-Clique zu.

Eine davon war Ines aus meiner Parallelklasse. Ihr hatte man eine Familie in Kalifornien vermittelt. Gemeinsam mit unseren Eltern, die tuschelnd vorausgingen, suchten wir den Abfertigungsschalter auf. Dort hatten sich schon viele Amerikafahrer versammelt. Es herrschte eine seltsame Atmosphäre. Man konnte deutlich spüren, dass Abschied in der Luft lag. Ein geheimnisvolles, tröstendes Geflüster erfüllte den Raum. Wir gaben meinen Koffer auf und gingen zum Zollschalter. Hier war Endstation für die Eltern. Und dann ging alles schneller und leichter als ich gedacht hatte: ein letztes Händeschütteln, auch mit meinem Bruder. Ob auch er eines Tages diesen Schritt tun würde?

Ein letzter Blick, ein letztesmal „Tschüss". Keine Umarmung. Ich mochte diese innerfamiliäre Knuddelei nicht. Womöglich noch feuchte Lippen von alten Omas und Tanten! Dem Kuss eines süßen Mädels hingegen war ich keineswegs abgeneigt. Leider hatte sich das mit der kleinen Schwarzhaarigen zerschlagen. Schade eigentlich.

Der Mann von der Zollkontrolle durchleuchtete meinen Instrumentenkoffer und tastete mich ab. Mein Reisepass wurde kontrolliert. Dann verschwand ich um eine Ecke und verlor meine Familie aus den Augen. Das war alles? Es schien so. Von jedem hatte ich mich nun für ein Jahr getrennt, von Eltern, Freunden, Verwandten und Bekannten. Ich war der Meinung, damit einen großen Schritt fürs Leben gewagt zu haben.

Der Flug über den großen Teich verlief ganz normal. Während andere sich andere Passagiere dabei langweilten, genoss ich jede Minute in der Boeing 707 und beobachtete jedes kleinste technische Detail. Ich träumte davon, eines Tages selbst einmal eine solche Maschine und noch viele andere zu fliegen.

Die Probleme begannen erst in Amerika. Nach der Landung in Detroit lernte ich Jörg, einen Butenbremer aus Moordeich kennen, der nach Georgia sollte. Er hatte also die gleiche Richtung wie ich. Wir beide wurden in eine DC8 nach Atlanta verfrachtet. Allerdings patzierte man uns getrennt voneinander, denn man hatte offenbar vergessen, für die YFU-Schüler die Sitzplätze nebeneinander zu reservieren. So saß ich neben einer älteren Dame, die ständig auf mich einredete, wovon ich nicht sehr viel verstand. An Bord waren noch zwei dänische Austauschschüler, die auch nach Florida sollten.

Auf dem riesigen, unübersichtlichen Atlanta International Airport wurde Jörg von seiner Gastfamilie abgeholt und ein mir gänzlich unbekannter Herr verschwand plötzlich schnell mit den beiden Dänen in dem Gewimmel.

„Hey!" rief ich, „Ich muss auch nach Florida!"

„Run after them!" antwortete jemand und deutete auf einen imaginären Punkt in der Menschenmasse.

Und das tat ich. Ohne Erfolg natürlich, denn ich wusste nicht, wohin ich rannte, schon gar nicht, wohin ich hätte rennen sollen. In Panik suchte ich nach den Dänen, wurde abgelenkt von Lichtreklamen, Durchsagen und vom Gewimmel der vielen Menschen. Wieviele Farbige es hier gab! Ich wurde um Spenden gebeten und durch die Menge gestoßen. An einem Informationsschalter erfuhr ich, wohin ich zu gehen hatte: Gate 21, Eastern Airlines. Doch zu spät!

Als ich dort ankam, war die Gangway bereits zur Seite gerollt und eine Boeing 727 machte sich soeben auf den Weg zur Startbahn. Ich fühlte mich wahrlich nicht gut in diesem Moment. Die Maschine hätte mich nach Melbourne/Florida gebracht, einem Städtchen in der Nähe von Cocoa. Eine Dame am Abfertigungsschalter änderte mein Ticket für einen Flug ab, der gegen Mitternacht starten sollte und redete tröstend auf mich ein. Dabei habe ich doch gar nicht geheult!

Nun galt es, meine Gastfamilie zu verständigen. Eine Reihe Münztelefone erweckte mein Interesse. Nachdem ich verschiedene Geldstücke ausprobiert hatte, bat ich dann doch eine Stewardess um Hilfe. Sie fragte mich:

„You wanna pay or a collect call?"

Ich verstand nur „pay" und da das ja „bezahlen" heißt und mein Kleingeld so gut wie alle war, entschied ich mich für das Letztere, obwohl ich nicht wusste, was das genau bedeutete. Erst später habe ich herausgefunden, dass ich damit meine Gasteltern für das Ferngespräch von Atlanta nach Cocoa bezahlen ließ. Die hübsche junge Frau wählte eine Null, sprach einige Worte mit jemandem am anderen Ende der Leitung und tippte dann die lange Nummer ein, wobei es jedesmal klickte, wenn sie mit ihren langen, rotlackierten Fingernägeln die Tasten berührte. Dann drückte sie mir überraschend den Hörer in die Hand.

„Who is this?" ertönte am anderen Ende der Leitung eine männliche Stimme.

„I'm Matt, your, eh ... exchange student."

„How are you?"

„Oh, excuse me, I missed my plane!"

Nach einigem Hin und Her sagte ich dem Mann am Telefon, wann ich in etwa ankommen würde und entschloss mich dann zu einem gedehnten „goodbye".

Seufzend hängte ich ein, blickte die Stewardess an und dankte ihr für die Hilfe. Durch das Telefongespräch verbesserte sich meine Lage nicht wesentlich. Aber die Tatsache, mich halbwegs gelungen in Englisch verständlich gemacht zu haben, gab mir neuen Mut und stärkte mein Selbstbewusstsein.

Langsam ging ich zum Abflugschalter. Dort saß ich vier Stunden lang, total übermüdet, mich immer wieder vergewissernd, ob ich an der richtigen Stelle und ob meine Trompete noch immer mit dabei war. Um mich etwas abzulenken, blätterte ich in meiner Reiselektüre: „1941 – wo bitte geht´s nach Hollywood?". Der Film war gerade erst in den deutschen Kinos gelaufen und die chaotische Geschichte faszinierte mich. Ich war glücklich, als ich endlich im bequemen Sessel des Flugzeugs saß. Zugleich fühlte ich mich einsam und hatte sogar etwas Angst, denn noch immer wußte ich nicht, wie meine Gastfamilie sein würde und wie alles weitergehen sollte. Der Mond schien über Amerika und spiegelte sich auf der Tragfläche, unter der Tausende kleine Lichter dahinzogen.

„Nur nicht verzweifeln", machte ich mir selbst Mut, „du hast dieses Jahr gewollt, also stehst du das hier jetzt auch durch!"

Eine Stewardess hielt mit einem Erfrischungswagen neben mir:

„Drink, Sir?"

„Yes, Ma'm, Coke please."

Während sie ihr Wägelchen weiter durch den Gang schob reckte ich mich, sodass meine Knochen knackten und sagte gähnend:

„Florida, I'm coming!"

Die Stewardess fühlte sich angesprochen. Sie drehte sich um und fragte:

„Excuse me?"

Ich grinste verlegen.

„Oh, nothing, thank you."

Die ersten Wochen in Cocoa

Ich war eingeschlafen; erst der Stoß der Landung weckte mich auf.

Als das Flugzeug an einer Gangway zum Stehen kam, ergriff ich meinen Trompetenkoffer und torkelte benommen in die volle Empfangshalle. Es war weit nach Mitternacht und ich wunderte mich, dass um diese Zeit noch so viele Leute auf den Beinen waren. Und was nun? Ich versuchte gerade, meinen Koffer zu finden, als eine hübsche junge Frau auf mich zukam.

„Are you Matt? Matt van Bogen?", fragte sie, und hatte offenbar Schwierigkeiten, meinen Namen richtig auszusprechen. Es klang auf Amerikanisch etwa wie „Mätt vän Bougen". Ich musterte sie neugierig. Sie hatte eine perfekte Figur und war braungebrannt. War das etwa meine Gastmutter? Das konnte ja ein Jahr werden!

„I'm Mrs. Blackwise, your area representative, there are your host parents", sagte sie und schob mich durch die Menge auf ein Ehepaar mittleren Alters zu, zu deren Füßen sich zwei kleinere Kinder lümmelten.

„Mrs. Ginbaugh?" fragte ich. Sie nickte und schüttelte mir die Hand. Ein wenig entsetzt stellte ich fest, wie viele blonde Haare sie auf den Armen und im Gesicht hatte. Stand da nicht in einem der YFU-Bücher, dass amerikanische Frauen sich überall rasieren? Ihr Gesicht war mit Sommersprossen übersäht und hatte schon zahlreiche Falten. Sie strich sich mit der Hand durch das kurzgeschnittene, braune Haar und rief erfreut:

"Hi!".

Dabei kam eine ungepflegte Zahnreihe zum Vorschein. Mit den Worten:

„This is my husband Charles" präsentierte sie mir ihren Lebensgefährten. Ich schätzte ihn auf Mitte vierzig. Er hatte eine hohe Stirn, in die schon leicht ergraute Haarsträhnen fielen. Seine scharfen Gesichtszüge ließen auf Intelligenz und Strenge schließen. Auch er schüttelte mir die Hand und sagte mit seiner tiefen Stimme, die ich bereits von unserem Telefonat am Atlanta International Airport her kannte:

„It's nice to have you with us."

Dann stellte er mich seinen Kindern vor - der achtjährigen, etwas pummeligen Dana, die mit ihren langen blonden Haaren recht hübsch aussah, und dem siebenjährigen C.J. (Charles Junior), hinter dessen momentaner Müdigkeit ein absolut fröhlicher Lebensgeist zu stecken schien.

Als wir das klimatisierte Flughafengebäude verließen, fühlte ich mich als träfe mich ein Schlag. Die Luft war so warm wie zu Hause an einem schönen Sommertag und tropisch feucht. Dabei war es Nacht. Wie heiß mochte es wohl erst tagsüber sein?

Wir bewegten uns auf den Parkplatz zu, der von einer schmalen Grasnarbe umwachsen war. Die wenigen Bäume, die auf der Umrandung standen, waren meist Palmen oder andere tropische Gewächse. Ich vernahm den Gesang von Grillen und hatte den Eindruck, dass die Sterne hier heller herabschienen als in Europa. Mrs. Ginbaugh stoppte an einer Art Lieferwagen und schloss die Seitentüren auf. Ihr Mann schob meinen Koffer hinein und die Kinder sprangen hinterher. Mich erstaunte das Fahrzeug außerordentlich. Der Boden war mit einem weichen, hellgrauen Fransenteppich ausgelegt. Die Innenwände waren mit rotem, seidig glänzendem Stoff ausgekleidet. Gegenüber der hinteren Seitentür war ein angeknackster Spiegel in den Stoff eingelassen und im Heck befand sich – vergleichbar mit einem Bett – eine breite Sitzbank, unter der zwei Lautsprecher installiert waren. Doch vorne im Auto beim Fahrersitz hörte die Ordnung auf. Hier lagen eine Unmenge von Kassetten und deren Boxen zwischen Papierfetzen und allerlei Krimskrams verstreut.

Die Eltern stiegen ein, alle Türen wurden geschlossen und heulend sprang der Motor des Dodge-Vans an. Mrs. Ginbaugh steuerte das Fahrzeug vom Parkplatz direkt auf einen Highway. Ihr Mann drehte sich nach mir um, nachdem er sich und seiner Frau eine Zigarette angezündet hatte, und sagte mir, dass ich mich nicht zu schämen bräuchte, während der Fahrt auf der Sitzbank zu schlafen. Ich wollte aber nicht einnicken. Ich wollte wissen, wo wir lang fuhren, um mir den Weg zum neuen Heim einzuprägen, obwohl dies vor Müdigkeit kaum noch möglich schien. Ich fühlte mich wie nach der Verabreichung eines Narkosemittels im Krankenhaus vor der Operation, wenn man krampfhaft versucht, wachzubleiben im Kampf gegen das einschläfernde Gift.

Der Highway war einsam und dunkel. Vereinzelt tauchten Häuser auf. Nur in wenigen brannte noch Licht. Endlich bog der Van irgendwo ein und wir waren da! Dana und C.J., die neben mir auf der Sitzbank eingeschlafen waren, wachten sofort auf und verschwanden in einem Gebäude. Mr.

Ginbaugh nahm meinen Koffer und auch wir gingen hinein. Viel gesprochen wurde in dieser Nacht nicht mehr. Es war offensichtlich, dass ich dafür eindeutig zu müde war. Ich wurde in ein kleines Zimmer gebracht und war nur noch in der Lage meinen Koffer zu öffnen und den Schlafanzug anzuziehen. Auf der unteren Ebene eines Etagenbettes schlief ich sofort ein.

Am nächsten Morgen erwachte ich vom Klingeln eines Telefons – der vertraute Sound dieses typischen Gebimmels aus Hollywood-Filmen. Die Tür des Zimmers, in dem ich mich befand, stand offen. So konnte ich mühelos vom Bett aus den Korridor überblicken. Mrs. Ginbaugh kam seitlich aus einem anderen Zimmer, spähte auf mein Bett und bewegte sich mit leisen Schritten zum Telefon. Ich stellte mich schlafend.

„Hello? Hi! Oh no, I'm sorry, he's still asleep. Yes, of course, he's fine. He was very tired yesterday. Oh, I see. Later, maybe. Thanks for calling, bye!"

Mir wurde klar, dass am Apparat jemand nach mir verlangt hatte. Da ich in Amerika noch niemanden kannte, musste es wohl meine Mutter gewesen sein, denn mein Vater sprach kein Englisch. Gewiss wollte sie sich nach meinem Befinden erkundigen – eine nette Geste. Ich ärgerte mich dennoch über den Anruf, denn er erweckte wieder das Gefühl der Einsamkeit von gestern. Ich wollte doch alleine klarkommen! Ich war nun zum dritten Mal in Amerika, aber jetzt musste aich alles selbst bewältigen. Und wenn nun wegen jeder Kleinigkeit ein Anruf aus Deutschland kam, wäre ich dazu bestimmt nicht in der Lage. Ich wehrte mich energisch gegen aufkommendes Selbstmitleid, stand auf und ging zum Fenster.

Es war weit geöffnet. Eine weiße Markise aus Blech ermöglichte einen beschränkten Blick in eine Art Hinterhof. Vor jedem der lamellenförmigen Fenster des Hauses war ein Insektenschutzgitter befestigt. Der Himmel war wolkenlos. Draußen zirpten die Grillen wie in einem Western und ein sehr warmer Wind brachte mich in meinem Pyjama schnell zum

Schwitzen, sodass ich das Oberteil auszog. Die Nutzung eines solchen Nachtgewandes würde ich mir abgewöhnen müssen. Das war ohnehin out.

Interessiert sah ich mich in dem Raum um. Unter dem Fenster war eine Art Schreibtisch Marke Eigenbau, auf dem ein großer schwarzer Kasten stand. Da zahlreiche Kabel heraushingen, konnte ich annehmen, dass es sich um einen Plattenspieler handeln musste. Die Lautsprecher waren auf die vier Wände verteilt. Neben dem Fenster stand eine große, altmodische Kommode, auf der sich neben einem alten Fernseher eine Menge Baseballpokale befanden. Dieser Familie musste ein guter Baseballspieier angehören, denn über dem Bett hing eine ganze Reihe Fotos, die einen Jungen in diversen Spielerpositionen zeigten. Auf einer kleineren Kommode neben dem Bett stand eine Lampe in Form eines Spielerhelmes. An allen Wänden des Zimmers hingen Aufkleber, Poster und Wimpel mit Aufschriften wie: Cocoa High Tigers, „Get it on Tiger Band", CHS Tiger Pride und anderes mehr. Es las sich alles sehr vielversprechend.

Mrs. Ginbaugh kam herein, wünschte mir einen guten Morgen und machte sich sogleich daran, für meine Kleidung Platz zu machen in einem Auszug der großen Kommode und einer Art Abstellraum, deren zwei Schiebetüren mit zahlreichen Urkunden und einem Star-Wars-Poster verziert waren. Sie zeigte mir auch gleich, wo ich meine schmutzige Wäsche lassen konnte und wo sich die Dusche befand.

Das Duschbad erweckte all meine Lebensgeister, auch wenn das Wasser leicht nach Chlor roch. Zum Frühstück bekam ich eine Schüssel Cornflakes und etwas Toast. Dana und C.J. hatten bereits gefrühstückt und saßen gelangweilt vor dem Fernseher. Gerade hetzte Coyote den Roadrunner. Ich fand, es war der sadistischste Trickfilm, den ich je gesehen hatte. Das Thema war immer das gleiche: Roadrunner, der superschnelle Vogel entkommt immer und Coyote, dieser Kerl, der mit Raketen, Dynamit und ausgeklügelten Systemen versucht, ihn zu fangen, ist stets derjenige, der explodiert oder in Schluchten stürzt, dabei aber immer überlebt.

In den Büchern von YFU stand, dass man möglichst schnell damit anfangen sollte, seine Umgebung zu untersuchen. Das hatte ich nun vor. Mein erster Schritt führte mich in den Ginbaugh`schen Garten. Hier herrschte eine wüste Unordnung. Ich trat durch die Schiebetür mit Fliegenschutzgitter und sprang über eine kleine schwarze Metalltreppe auf den weißen Betonboden. Dieser war von einem verzinkten Blechdach vor Sonne geschützt. Ein Haufen nutzloser Dinge lag darauf verstreut, darunter die defekte Klimaanlage des Hauses, durchlöcherte Kleidung sowie gammeliges Obst. Zu meiner Linken befand sich ein zweistöckiger, rotgestrichener Holzschuppen und daneben ein Schaukelgerüst mit einer brüchigen Rutschbahn, das schon bessere Tage gesehen hatte. Rechts von mir erblickte ich ein unverputztes Steinhaus von der Größe einer Garage, dessen Tür offenstand, und das innen voller Gerümpel war. Quer durch den sogenannten Garten zog sich eine

Wäscheleine; das eine Ende war am roten Schuppen und das andere an der Steinhütte befestigt. Nach einem Rasen suchte ich leider vergebens. Ich sah nur grauen Sand, auf dem kaputtes Spielzeug herumlag.

„Au weia", dachte ich mir, „lebt man so in Amerika?"

Das konnte wohl kaum sein, denn in den Nachbargärten gab es Rasen und Blumen, und es wuchsen dort sogar Orangenbäume. Mrs. Ginbaugh, die merkte, wie ich das alles musterte, erklärte mir entschuldigend, dass alles noch im Bau sei und es viel zu tun gebe, auch für mich. Das gefiel mir eigentlich, denn ich gedachte mir als fleißiger Helfer alsbald einen guten Ruf zu verschaffen. Handwerklich war ich schließlich ganz fit.

Ich sah mich weiter um, es gab noch so viel zu entdecken. Unter anderem das Haus, in dem ich ein Jahr lang wohnen sollte. Mir waren sofort die rauen Kunststoffwände aufgefallen, und dass das Gebäude gar nicht direkt auf dem Boden stand. Auf die Frage, was das für eine Art Haus sei, erhielt ich die Antwort, dass es sich dabei um ein Mobil-Home, oder auch Trailer genannt, handelte. Diese fabrikgefertigten Häuser sind in den warmen Ländern Amerikas eine praktische Art, billig zu wohnen. Es gibt sie in zwei Versionen: die normalen, die wie größere Campingwagen aussehen, und die „Double Wides" die, wie der Name schon sagt, aus zwei Teilen bestehen und dementsprechend größer sind. Beide Trailer-Arten werden auf einen Steinsockel montiert, an Wasser, Kanalisation und Stromnetz angeschlossen und sind innerhalb von vier Stunden bezugsfertig. Familie Ginbaugh wohnte also in solch einem „Double Wide". Schon in der Nacht war mir aufgefallen, dass es sich hier um kein richtiges Haus handeln konnte, denn alles wackelte, wenn man darin umherlief.

Wir wohnten in einem Trailerpark, einer Gegend, in der nur solche mobilen Unterkünfte standen. Sie gelten allerdings nicht als besonders robust. Bei den in Florida in der Hurrikan-Saison fast jährlich auftretenden Unwettern müssen die Bewohner dieser Gebäude häufig nach kurzfristiger Vorwarnung evakuiert werden. Hoffentlich gab es während meines Austauschjahres keinen Hurrikan!

Nun wollte ich die Wohngegend auskundschaften. Dazu hätte ich ein Fahrrad gebrauchen können. Ich schaute mich suchend um und sah auch bald den hinteren Teil eines Rennrades aus der Steinhütte ragen. Beherzt hole ich es heraus und füllte mit einer herumliegenenden Fahrradpumpe die Luft in den Reifen nach. Dana und C.J. kamen herbei und ich forderte sie auf:

„Please show me the surroundings!"

So traten die beiden eine kurze, aber ausführliche Radtour durch den „Franklin Point Trailer Park" mit mir an. Es gab hier durchaus sehr schöne Mobil-Homes, nur wenige sahen so trostlos aus wie das Zuhause meiner neuen Familie. Praktisch fand ich die Briefkästen direkt an der Straße, so dass der Postbote niemals aus seinem Wagen aussteigen musste, um die Post hineinzuwerfen. Das Lenkrad des Postautos war deshalb auf der rechten Seite, wie in england oder Australien. Überall standen Palmen und andere tropische

Gewächse und in den Gärten zischten die Rasensprenger. Die Tour endete an dem Wagen einer runden, freundlich lächelnden Frau, die mit ihrem schüchtern wirkenden Sohn damit beschäftigt war, zahlreiche Einkaufstaschen auszuladen. Dana und Charles machten halt und riefen stolz:

„This is our new brother!"

Wieder bemerkte ich, wie gastfreundlich die Leute hier waren. Mit einem strahlenden Lachen und obligatorischem „Hi!" wurde ich begrüßt, in ein Gespräch verwickelt und gleich zu einer Coke eingeladen. Das Glas Coca-Cola, in dem vier dicke Eisstücke schwammen, stimmte mich etwas skeptisch, weil ich gerade vorher bei Ginbaughs mit Vitamin D angereicherte Milch getrunken hatte und nicht so recht wusste, ob sich diese Mischung vertragen würde. Aber die Dame versicherte, dass man in den USA Coca-Cola oft bereits zum Frühstück trinkt.

„Oh, Amerika, deine Ernährung", dachte ich mir und nahm einen großen Schluck.

Bei der Familie handelte es sich um gute Freunde der Ginbaughs. Mein Englisch war zu dieser Zeit wirklich noch sehr lückenhaft. Aber jedes Mal wenn ich eine Vokabel nicht wußte, fiel mir meist gleich ein anderes Wort ein und ich brachte den Satz trotzdem, wenn auch etwas stotternd, zu Ende. Bald erhielt ich die ersten Komplimente für meine erfolgreichen Englischversuche. Die größte Schwierigkeit bereitete mir das „r", das bei den Amerikanern ja tief aus der Kehle kommt und den Slang ausmacht; ebenso das „th", bei dem ich immer die Zunge halb herausstreckte und nur so vor mich hinspuckte. Es fehlte noch die Routine.

Dana und C.J. gingen mit ihrer gemeinsamen Freundin Tina nach draußen und ich beschäftigte mich mit dem Jungen. Sein Name war Tim. Wir spielten TV-Games, und er zeigte mir seine Sammlung an Bildern rund um das Kennedy Space Center und Science-Fiction.

Mrs. Ginbaugh nahm mich ein paarmal mit zum Einkaufen, und so bekam ich auch das

Zentrum von Cocoa zu sehen. Mir fiel sehr bald auf, dass in Amerika fast alles vom Auto aus erledigt wird. Da war der Postbote nicht der Einzige. Sogar die öffentlichen Einsteckbriefkästen waren so aufgestellt, dass der Fahrer bequem seinen Arm durch die herabgekurbelte Scheibe stecken und so seinen Brief auf die Reise schicken konnte. Das Autokino „Drive-in" genannt, war viel populärer als bei uns. Jedes Nest hat mindestens eines. „Drive-ins" waren besonders beliebt bei jungen Pärchen. Ein Gerücht sagt, dass jedes dritte Baby in Amerika auf einen Abend im „Drive-in" zurückzuführen ist...

In der „Roman Catholic Drive-in church of Cocoa" konnte man sich bequem zurücklehnen und so - vom Autositz aus - einem Gottesdienst beiwohnen. Alle modernen Bankfilialen in den Staaten verfügten über Sprechanlagen und unterirdische Transportsysteme, mittels derer der Kunde bis ins Auto bedient wurde. Die bekannten Schnellimbisse „Burger King" und „McDonald`s" hatten sich längst der

Bequemlichkeit der Amerikaner angepaßt und ließen auf ihren Werbeplakaten und Hinweisschildern immer das Wörtchen "Drive thru" auftauchen. Man konnte die Billigmahlzeit via Sprechanlage bestellen und direkt an einem Bedienungsfenster frisch verpackt abholen und bezahlen – vom Auto aus, versteht sich.

Die Highways und Landstraßen waren großzügig gebaut und in tadellosem Zustand. Radwege gab es überhaupt nicht, meistens nicht einmal Fußwege.

Mrs. Ginbaugh kaufte gewöhnlich bei „PUBLIX" ein, dem größten und populärsten Supermarkt in Cocoa. Auf eigene Faust ging ich zwischen den Regalen hin und her und sah mir die Waren an. Ein großer Unterschied zwischen einem deutschen Supermarkt und diesem amerikanischen Exemplar war nicht festzustellen. Die Waren waren ordentlich sortiert, gut verpackt und in großer Vielzahl vorhanden, mit anderen Worten: es gab alles und es war genug für alle da! Bei genauerem Hinsehen bemerkte ich immer wieder die

Worte „Artificial flavors" und „Artificial colors" auf den Verpackungen der Lebensmittel. Sie wiesen auf die in der Nahrung vorhandenen Chemikalien hin, die dem Produkt den Geschmack oder eine besondere Farbe verliehen. Darunter war dann meist noch verzeichnet, welche Stoffe dafür verwendet wurden. Hätte dies nur auf einigen Packungen gestanden, so wäre mir das völlig normal vorgekommen. Da ich es aber auf fast jeder lesen konnte, verzog ich mich mit einem mulmigen Gefühl im Magen in die Abteilung für Obst und Gemüse. Hier stand wenigstens nicht dabei, ob und mit welchen Chemikalien sie besprüht worden sind.

Ich wunderte mich immer wieder darüber, wieviel Zeit Mrs. Ginbaugh stets für ihre Einkäufe benötigte. Eines Tages beobachtete ich sie dabei – und entdeckte den Grund. Sie hatte ihren Korbwagen sorgsam an die Seite gestellt, um niemand am Passieren der Regale zu behindern. In der Hand hielt sie ein schmales Etui, in dem sich kleine Coupons befanden, die sie täglich aus alten Verpackungen und den letzten Zeitungen ausschnitt: „30 Cent off" oder „Save 10 Cent each" stand meist darauf. Sonderangebote waren mir bei „PUBLIX" nie aufgefallen, immer nur diese Coupons, die stets für gaausgewählte Produkte galten. Kaufte man ein solches und legte an der Kasse das Stückchen bedruckten Papiers vor, so konnte man einige Cents sparen. Ich hätte nie gedacht, dass für Mrs. Ginbaugh diese Schnippsel so wichtig sein könnten. Sie nahm die Waren in die Hand und betrachtete sie von allen Seiten – in der Hoffnung, weitere Coupons darauf zu finden. Dann suchte sie in ihrem Etui, ob nicht noch irgendein „30 Cents off" für Cornflakes dabei war. Oder konnte sie sich diesmal eine Flasche Sprite mehr leisten? Ach nein, für das günstigere Limonadenpulver hatte sie ja gestern den besonderen Abschnitt verloren. „Shit!" schimpfte sie vor sich hin. Naja, vielleicht reichte es ja noch für ein paar Kekse. Die vielen Leute, die an ihr vorbeizogen, gedankenlos in die Regale griffen und weitergingen, schien sie nicht zu bemerken. Sie rechnete, bewegte die Lippen, schüttelte den Kopf, schimpfte erneut und ging weiter.

Ich fragte mich, warum sie sich wohl diese Mühe machte. Nur um ein paar Dollar zu sparen? So arm konnten die Ginbaughs doch nicht sein! Mr. Ginbaugh hatte eine Stelle als Techniker im Kennedy Space Center. Sie besaßen ein Grundstück und den Trailer. Von ihren insgesamt fünf Kindern war eines - Steve, der Älteste – beriets aus dem Haus, Theresa – die Zweite im Bunde – versorgte sich weitgehend selbst und Tony ging neben der Schule kleinen Jobs nach. Da blieben also noch die beiden Jüngsten – Dana und C.J.. Und nun hatten sie auch noch mich als Austauschschüler aufgenommen. Warum? Bekamen sie Geld dafür? Oder war es aus Liebe zu Kindern und Jugendlichen aus aller Welt? Ich verstand es nicht und mochte auch keinen aus der Familie danach fragen. Auch später erfuhr ich nie, weshalb so extrem gespart wurde. Ich konnte mir nur einiges zusammenreimen, denn es passierten noch andere merkwürdige Dinge.

Wie gesagt, die Ginbaughs hatten fünf Kinder. Da war Steve, der bereits verheiratet war und in Orlando lebte. Er war damals, als ich bei den Ginbaughs war, 25 Jahre alt. Dann kam Theresa, 21, die zu Beginn meines Amerikajahres bei Verwandten in England weilte, und schließlich Tony der mit 16 fast so alt war wie ich. Er war der Baseballspieler, mit dem ich zur Schule gehen sollte. Und dann waren da die beiden Kleinen. Außerdem hatte Mrs. Ginbaugh nach Tony noch ein Mädchen geboren, das im Alter von wenigen Jahren in einem Swimmingpool ertrunken war.

An einem schönen Wochenende fuhren wir nach Orlando. Man sagte mir, dass Steve von Beruf Automechaniker sei und er einmal den elterlichen Van kontrollieren sollte, bei dem irgendwas mit der Kühlwasserpumpe nicht stimmte. Der Van sah recht abenteuerlich aus. Er hatte sehr breite Reifen und silbrig glänzende Felgen, war schwarz lackiert und am Heck prangte eine geniale Airbrush-Zeichnung in Form einer großen Spinne, die in ihrem Netz hockte. Rot-weiße Streifen, die sich von der Motorhaube über das Dach bis zum Heck erstreckten gaben dem Wagen obendrein eine sportliche Note. Fenster hatte das Fahrzeug nur an den Seiten und Hintertüren. Mrs. Ginbaugh fuhr mit den Kindern voraus, ihr Mann und ich folgten ihr in dem großen weißen Kombi. Dieser stattliche Acht-Zylinder „Pontiac Catalina Station Wagon" wirkte recht heruntergekommen. Der Lack war so stumpf als wäre er seit Jahren nicht mehr ordentlich gewachst worden, und der Rost hatte schon an vielen Stellen mit seiner vernichtenden Arbeit begonnen. In der Karre herrschte eine Ordnung, die man mit Ginbaughs Garten hätte vergleichen können: Alles Mögliche, vor allem leere Bierdosen, flogen wüst darin herum. Fürchterlich! Aber ich hatte Mr. Ginbaugh auf dieser Fahrt für mich alleine und wir führten ein sehr gutes Gespräch. Er lobte mein Englisch, ermutigte mich, daran zu arbeiten und korrigierte mich höflich. Er wirkte weise und korrekt, ein Mann mit einem tiefgründigen Humor und scheinbarem Sachverstand, der offenbar niemals ans Aufräumen dachte. Immerhin funktionierte in seinem Auto die Klimaanlage, die sowohl im Van als auch im Haus kaputt war.

So kam ich erstmals nach Orlando, in eine Stadt, die schon eher an eine typische amerikanische City erinnerte als Cocoa. Steve wohnte etwas außerhalb, in einer Gegend, in der wunderschöne Einfamilienhäuser standen. Auch er bewohnte ein solches Haus. Steve war kräftig gebaut und hatte Ähnlichkeit mit seinen Eltern. Seine Frau war außerordentlich hübsch und das Haus modern eingerichtet und sauber.

Nun wurde mir auch Tony vorgestellt. Er verbrachte die letzten Wochen der Ferien bei seinem Bruder Steve, daher durfte ich ihn erst jetzt persönlich kennenlernen. Tony hatte keine sonderliche Ähnlichkeit mit seinem Vater oder seiner Mutter, dafür umsomehr mit Theresa. Er war mir auf Anhieb sympatisch. Tony war groß, muskulös und hatte blonde Haare, die in Form eines Mittelscheitels nach hinten gekämmt waren. Offenbar lachte er gern, denn um seine Augen hatten sich bereits winzige Lachfalten gebildet, die ihn als humorvollen Typ auswiesen. Er nahm sich viel

Zeit für mich. Zuerst demonstriere er mir lautstark die gewaltige Stereoanlage seines Bruders anhand von Stücken professioneller Jazzbands Amerikas. Tony liebte Jazz, diesen wahnsinnigen Sound der Posaunen und Saxophone, den „Drivin´rhythm" der Rhythmusgruppe und dem Kreischen der Trompeten. Ich fand das auch nicht übel; meine Ohren mussten sich nur erst dran gewöhnen. Ebenso wie an den Rock, den Tony auch gern hörte. Er ließ Kostproben von Boston, Styx und den Eagles erklingen bis von den Bose-Boxen der Boden bebte.

Während Mrs. Ginbaugh Chicken Barbecue auf dem Holzkohlegrill anrichtete, machten sich Dad, Steve und Tony am Van zu schaffen. Nachdem der Schaden an der Kühlwasserpumpe beseitigt war, hatten wir Dinner und fuhren anschließend nach Hause. Dieser Tag hatte mir Spaß gemacht. Überhaupt: Das Leben in Florida gefiel mir sehr gut. Ich brachte dies in meinen ersten Briefen nach Deutschland auch deutlich zum Ausdruck.

In den letzten beiden Ferienwochen verschlechterte sich plötzlich mein Verhältnis zu den Ginbaughs. Und das kam folgendermaßen: Zu dieser Zeit war in Cocoa und Umgebung nicht viel los; kurz, es war stinklangweilig. Anstatt den ganzen Tag nur abzuhängen und vor dem Fernseher zu sitzen, fragte ich Mrs. Ginbaugh, ob sie nicht eine Aufgabe für mich hätte. Begeistert drückte sie mir eine Schaufel in die Hand. Mithilfe dieses Gerätes sollte ich Unkraut jäten im „Garten", der ja wie erwähnt in einem schlimmen Zustand war und in dem wahrlich genug von dem Zeug wucherte. So machte ich mich an die Arbeit. Ich begann zunächst, den Wildwuchs mit den Händen herauszurupfen. Mrs. Ginbaugh kam hinzu und meinte, ich solle das mit der Schaufel machen, damit die Wurzeln gänzlich aus dem Boden verschwänden und diese nicht erneut wuchern könnten. Gleich darauf ging sie weg, irgendwohin in die Nachbarschaft.

Ich buddelte und buddelte und kam bei den subtropischen Klimaverhältnissen ganz schön ins Schwitzen. Nach ein paar Stunden hatte ich die erste Hälfte des „Gartens" vom Unkraut befreit, die Fläche glich jetzt allerdings eher einer Wüste. Nur ein Haufen dörres Grünzeug mit etwas Erde daran bekundete, dass es hier mal anders ausgesehen haben musste.

Als Mrs. Ginbaugh zurück kam, kritisierte sie sofort lautstark, dass da viel zu viel Sand auf dem Haufen lag. Die Müllmänner würden das so nicht mitnehmen. Sie begann die aufgehängte Wäsche abzunehmen und ich schippte weiter Unkraut. Nun war ich allerdings kein Gärtner. Wir wohnten in Bremen in einer Eigentumswohnung mit zwei Balkonen und da gab es kein Unkraut. Schon möglich, dass ab und zu mal etwas Sand auf die Schaufel kam und somit auf den Haufen mit dem Grünzeug flog. Das entging Mrs. Ginbaugh nicht. Wenn Blicke hätten töten können, wäre ich wohl augenblicklich leblos in dem unkultivierten Gelände umgefallen, so böse sah sie mich an. Sie riss mir die Schaufel aus der Hand und schrie mich an, ich sei ein verzogenes, deutsches Arschloch („Asshole"; das Wort wird noch häufiger verwendung finden…). Ich hätte mich am liebsten in ein

Mauseloch verkrochen, so fertig machte sie mich. Ich wollte doch nur helfen… Es wäre ja alles nur halb so schlimm gewesen, hätte sie mir einen triftigen Grund für ihren Unmut genannt. Oder wenn sie mir genau gezeigt hätte, wie ich die Gartenarbeit hätte machen sollen. Eigentlich brauchte man doch nur den Sand vom Wurzelwerk abzuklopfen. Aber von alldem, was sie faselte verstand ich kaum die Hälfte und zu einer rechtfertigenden Antwort war mein Englisch noch nicht flüssig genug. Gottseidank bekamen weder Tony noch die Kleinen etwas von der Auseinandersetzung mit. Es wäre mir sehr peinlich gewesen. Ich hörte nur irgendwann Mr. Ginbaugh ins Haus gehen. Nachdem auch ich dorthin verschwunden war, mied ich seinen Blick und hörte seine Frau jammern:

„… und das noch ein Jahr lang.“

Es war frustrierend. Dieser Vorfall verunsicherte mich total. Mein Austauschjahr hatte kaum richtig begonnen und nun das. Gewiss würde es anfangs noch mehr

Missverständnisse geben wegen der Sprachbarriere.

Aufgrund früherer Erlebnisse wusste ich, dass die Ginbaughs ihre Zeit niemals gründlich im Voraus planten. Was sie sich vornahmen, taten sie kurzfristig, hastig, unberechenbar. Letztendlich vergaßen sie dann die Hälfte ihrer Sachen daheim und aus jeder Angelegenheit wurde ein Chaos. Bei den Einkäufen war es schon schlimm genug, verhehrend wurde es aber bei auswärtigen Familienbesuchen. Erst wurde zur Eile gemahnt, dann führte Mrs. Ginbaugh noch stundenlange Telefongespräche, die Kinder sahen sich noch ein paar Zeichentrickfilnme im Fernsehen an und Tony entschloß sich doch noch zu duschen, während Mr. Ginbaugh ein weiteres Bier trank. Ja, mit der Pünktlichkeit war das so eine Sache bei denen... Diese Tatsache führte zu weiteren Problemen.

Aber auch ich machte Fehler. Eines Tages musste Tony bei dem Ehepaar Burger den Rasen mähen und ich sollte mit ihm kommen. Es war für ihn ein gewöhnlicher, fast alltäglicher Job. Ständig riefen bei den Ginbaughs Leute aus der näheren Umgebung an, um Tony zum Rasenmähen oder für andere Aufgaben im Garten zu bestellen. Er verdiente damit zweifellos mehr Geld als viele seiner Freunde, die beispielsweise bei McDonald`s Hamburger verkauften. Das erwähnte Ehepaar Burger wohnte ein paar Mobil-Homes weiter die Straße hinauf. Der Grund, warum ich mitkommen sollte, war mir schnell klar. Sie waren Deutsche, er aus Nürnberg, sie aus Ostpreußen. Beide waren bereits pensioniert, weit über siebzig Jahre alt und lebten schon mehr als vier Jahrzehnte in den USA. Sie bewohnten einen sehr schönen Trailer mit einem wunderbaren, gepflegten Garten dahinter. Was mochte Tony nur denken, all diese schönen Grundstücke zu pflegen und daheim so einen Gerümpelgarten vorzufinden?

Die Burgers nahmen mich sehr freundlich auf und luden mich zu einem Drink ein, während Tony seinem Job nachging. Es standen viele deutschsprachige Bücher herum und es roch nach deutscher Küche. Die Alten erzählten mir aus ihrem Leben, kamen immer wieder mit der Sprache durcheinander, fielen sich gegenseitig ins Wort. Er schimpfte auf die Preußen und sie auf die Bayern, bis das Ganze in Lachen unterging. Für den nächsten Tag, einen Samstag, lud mich Herr Burger ein, gemeinsam mit ihm „Soccer" made in Germany (deutscher Fußball) im Fernsehen zu schauen. Die Amerikaner waren vom deutschen Fußball zutiefst beeindruckt. Jeden zweiten Samstag gab es eine Sendung mit German Soccer, in der Spiele gezeigt wurden, die oft schon viele Jahre her waren. Als ich Mrs. Ginbaugh um Erlaubnis fragte, ob ich der Einladung folgen dürfte, sagte sie, Tony habe sich seit Wochen diesen Samstag freigehalten, um mir das Kennedy Space Center zu zeigen.

Nun stand ich vor der Wahl. Ich weiß nicht was mich damals geritten hat, aber ich ging zu Burgers Fußball gucken. Da hatte ich ausgerechnet nach Florida gewollt wegen der Raumfahrt und schaute nun Endspiele der WM 1978 an. Vielleicht hatte ich ein wenig Heimweh nach der Gartenaffäre. Vielleicht war ich es auch gewohnt, Verabredungen einzuhalten. Wenn Tony den Termin Wochen im Voraus geplant hatte, warum erzählten mir die Ginbaughs erst einen Tag vorher davon? Außerdem hatte mein einjähriger Florida-Aufenthalt gerade erst begonnen und Mr. Ginbaugh arbeitete im Kennedy Space Center. Ich durfte also annehmen, dass ich durch ihn dort schon noch hinkommen würde. Und so war es irgendwann auch und man sagte mir, wenn auch mürrisch, rechtzeitig vorher Bescheid. Nach meinem Besuch bei den Burgers jedoch betonte meine Gastmutter in dramatischer Wortwahl, dass Tony enttäuscht alleine zu Hause herumgesessen hätte. Das tat mir leid. Vor diesem Hintergrund hätte ich mich wirklich anders entscheiden sollen.

Der Ausflug zum Kennedy Space Center, den wir dann wenig später unternahmen, war sehr interessant. Mit einem besonderen Pass von Mr. Ginbaugh hatten wir Zugang zu Örtlichkeiten, die Besucher üblicherweise sonst nicht zu sehen bekamen – wie zum Beispiel die Zentrale, von der aus die Weltraum-Missionen überwacht und gesteuert werden. Dann sahen wir uns noch das Space

Shuttle Columbia im Baustadium an. In meinem Austauschjahr sollte der Erstflug des Space Shuttle-Programms starten und ich würde das miterleben! Das war wirklich spannend! Anschließend fuhren wir zum Picknick in ein Gebiet, das nur Mitarbeiter des Kennedy Space Centers und deren Familien zur Erholung nutzen durften. Das attraktive Touristenzentrum mit dem Museum bekam ich allerdings nicht zu sehen und auch die Bustour zu den Startrampen machten wir nicht, da diese Geld kostete. Das war schade, denn das ganze Jahr sollte ich nicht mehr die Gelegenheit bekommen, diese Attraktionen zu erleben. Das war die Konsequenz aus dem Fußball-Nachmittag mit Herrn Burger. Tony wusste, dass ich mich darüber ärgerte, aber er zeigte zu Recht keinerlei Mitleid.

Die Tiger Band und Cocoa High

Noch bevor der Schulbetrieb an der Cocoa High School wieder richtig anfing, wurde ich zu einer Poolparty mit aktiven und ehemaligen Mitgliedern der High School Band eingeladen. Der Begriff „Band" war nicht im Sinne einer Rockband zu verstehen, sondern als Blasorchester in verschiedenen Besetzungen. Ich werde später näher darauf eingehen, aber egal um was für eine Besetzung es sich handelte: es ging immer nur um die Band. Da Tony etwas anderes vorhatte, brachte mich Mrs. Ginbaugh in Theresas altem Wagen zum Haus der Gastgeberin und fuhr anschließend einkaufen. Wieder einmal war ich auf mich allein gestellt. Ich kannte keinen einzigen Gast, stellte mich aber vor und wurde von der Gastgeberin mit allen bekannt gemacht. Ganz schön schwer zu merken, so viele Namen auf einmal! Trotzdem amüsierte ich mich köstlich. Ich beantwortete den Fragenden alles was sie wissen wollten und freute mich, dass sich mein Englisch seit meiner Ankunft schon verbessert hatte. Nur etwa vier Wochen hatte es gedauert, bis ich mich schon richtig gut verständigen konnte. Der Abend war wunderbar. Es war warm und die meiste Zeit verbrachte ich in dem kleinen Swimmingpool, der im Halbkreis von Palmen eingesäumt war. Das Ganze wurde von fünf Öllampen in ein gemütlich flackerndes Licht getaucht. Meine Englischkenntnisse wurden gelobt und ich lobte meinerseits den schönen Garten und den köstlichen Obstsalat. Ich hätte gern ein Bier getrunken. Daheim hatte sich das Bierchen auf Feten bereits etabliert. Da aber kein einziges alkoholisches Getränk zu sehen war, wollte ich nicht in den nächsten Fettnapf treten und zog es vor, lieber nicht danach zu fragen.

Nach drei Stunden – ich war gerade mal wieder im Wasser – kam Mrs. Ginbaugh vorbei, um mich abzuholen. Später im Auto war sie bereits wieder mürrisch. Sie beschwerte sich, dass ich mich nicht bei ihr bedankt habe, als sie mir ein Handtuch zum Abtrocknen gereicht hatte. Ich konnte mich daran gar nicht erinnern, wollte mich aber auch nicht mit ihr streiten. So sagte ich höflich:

„I'm sorry, it won't happen again."

Von da an wusste ich, dass in Amerika nichts selbstverständlich ist, dass man sich bei jeder Kleinigkeit bedankt und dass „Please" und „Thank you" hier wohl die wichtigsten Worte waren. Lieber ein Dank zu viel, als einer zu wenig. Das gehört zum guten Benehmen und wenn man nicht sparsam damit umgeht, wird man von den Amerikanern schnell als „polite" – höflich – eingestuft.

Bald hatte ich mein erstes Rendezvous mit der Band. Ehemalige und aktuelle Musiker der Cocoa High School hatten sich „just for fun" zum Musizieren verabredet. Es gab kein festes Ensemble. Wer Zeit und Lust hatte, konnte mitmachen. Dirigent war Bruce, ein Ehemaliger, der nun Musik studierte. Interessiert sah ich mich in dem großen Übungsraum, dem Band Room um. Er war wie ein Atrium aufgebaut. Der Mittelteil hatte eine Vertiefung, von der aus sich die Ebenen für die Stühle stufenartig nach hinten erhöhten. So hatte der Dirigent eine perfekte Übersicht über die ganze Band. Der Raum war sehr hoch, natürlich klimatisiert und verfügte über eine ausgesprochen gute Akustik. Er war gelb gestrichen und mit einer robusten, graugrünen Auslegware gestaltet. An den Wänden befanden sich Lautsprecherboxen, Pinboards, Regale und Notenfächer. Neben zwei Reihen von Schränken, in denen die Uniformen der Marching Band aufbewahrt wurden, standen große Vibraphone und Xylophone, sowie Kesselpauken, elektronische Instrumente, ein Klavier und ein Schlagzeug.

Wieder wurde ich mit vielen Leuten bekannt gemacht. Der Wichtigste von ihnen war zweifellos Mr. East, der Banddirektor. Zu meinem Pech war ich an diesem Tag der einzige Trompeter, der erschienen war. Zwar hatte ich die Wochen vorher fleißig geübt und hatte Ansatz, war aber viel zu aufgeregt, um musikalisch zu überzeugen. Alles war für mich pures Blattlesen – ich kannte kein einziges der aufgelegten Stücke. Hinterher versuchte ich mein schlechtes Spiel zu entschuldigen und war froh, dass Mr. East nicht zugehört hatte.

Dass ich dennoch mit Komplimenten überschüttet wurde, passte mir überhaupt nicht. Ich beschloss, der Band schon bei der nächsten Probe zu zeigen, dass ich es besser konnte.

Diese Gelegenheit ergab sich schon bald. An einem Montag begannen die Marchingband-Proben für die Anfänger, die man hier „Freshmen" nannte. Die Marching Band war nur eines von vielen Bandprojekten, die es an der Schule gab. Da waren zum Beispiel noch zwei Big Bands, eine für Anfänger, eine für Fortgeschrittene (Lab Band). Das „Lab" stand für „laboratory", also „Jazzlabor". Die Anfängerband nannte sich „Stage Band". Dann gab es noch zwei klassische Orchester die nur aus Bläsern bestanden. „Concert Band" nannte sie die für Anfänger, „Symphonic Wind Ensemble" die für Fortgeschrittene. Jeder Instrumentalist der Schule musste sich nun einer praktischen Prüfung unterziehen, in der Mr. East aufgrund des Vorspiels beurteilte, in welche Bands man eingestuft werden konnte.

Ich hatte mir eine schwierige Studie aus meiner Arban-Trompetenschule ausgesucht und schon eine Weile daran geübt. Ich spielte Mr. East die ganze Seite herunter, die voll war von Sechzehnteln, Sextolen und chromatischen Triolen und machte dabei nur zwei kaum hörbare Fehler. Der Chef sagte nicht viel, murmelte nur etwas wie: „That's pretty good" und kritzelte ein paar Worte auf ein Stück Papier, das er mir dann gab. Auf dem Zettel stand:

- 1st period Lab Band
- 5th period Symphonic Wind Ensemble
- Marching Band 1st part

Mit anderen Worten: er hatte mich in die Top-Besetzungen der Schule eingeteilt und mir zudem die erste Stimme in der Marchingband zugedacht. Die „Periods" waren die Stunden an der Schule, also gleich früh, erste Stunde, durfte ich mit der Big Band proben, in der fünften Stunde mit dem Orchester und abends mit der Marching Band. Dort sollte ich die erste Stimme spielen - fantastisch!

Vorgespielt hatte ich in einem der schallgedämmten Übungsräume. Vor dem Fenster standen neugierig lauschend einige Bandmitglieder, und ich hörte sie sagten:

„Wow, he's a German! He plays the Arban.“

Als Mr. East herauskam, verzogen sich einige. Ich kehrte in den Bandroom zurück, um meine Kanne einzupacken. Neben dem Koffer saßen zwei Trompeter, die gerade ausprobierten, wer wohl die höchsten Töne aus seinem Instrument quetschen konnte. Als sie mich sahen, stellten sie sich sogleich vor. Der eine war groß und schlank, hatte rote Haare, dicke Lippen und sehr viele Sommersprossen. Er hieß Paul. Der andere war etwas kleiner, aber muskulöser, hatte schwarzes, welliges Haar und trug eine Brille. Das war Steve. Sie fragten mich allerlei über meine Trompete: Wie lange ich schon spielte, ob es Jazzbands in Germany gibt, wie hoch ich „quietschen“ konnte usw. Ich zeigte ihnen den Zettel von Mr. East und sagte:

"That's my nicest birthday present.“

In der Tat, an diesem 19. August, war mein 16. Geburtstag. Die beiden klopften mir auf die Schulter und gratulierten mir mehrmals. Auch andere gratulierten mir, sogar noch Wochen danach. Das Tollste passierte jedoch am Abend bei der Bandprobe. Gegen deren Ende entdeckte ich eine Serviette in meinem Trompetenkoffer, auf der stand:

"Happy Birthday and Congratulations MATT from Steve and Paul."

Ich war gerührt und hätte heulen können. Der Gast, der von weit her kam, hatte Geburtstag und man hatte kein Geschenk parat; so schrieb man einfach ein paar Zeilen auf eine simple Papierserviette aus der Cafeteria, um ihm dennoch ein Gefühl des Willkommenseins zu vermitteln und um ihm zu zeigen, dass man an ihn dachte.

Doch auch meine Gastfamilie bereitete mir an diesem Tag eine Überraschung. Als ich am Abend müde vor dem Fernseher saß, erlosch plötzlich das Licht und Mr. Ginbaugh trug eine Schokoladentorte mit sechzehn kleinen Kerzen herein, während die Familie „Happy Birthday" sang. Das war natürlich sehr nett, und ich bedankte mich mehrmals. Sie wussten bereits seit meiner Ankunft, was der 19. August für ein Datum war, Steve und Paul jedoch hatten es erst am Mittag erfahren. Dementsprechend bedeutete mir ihre liebe Aufmerksamkeit besonders viel. Die beiden wurden in Kürze meine besten Freunde.

Am nächsten Morgen begannen die Proben für die Marching Band, zunächst für die Anfänger. Diese Band war, neben Paraden, hauptsächlich für die Shows im American-Football-Stadion vorgesehen, worauf ich später noch zurückkommen werde.

Die 110 Meter langen Spielfelder für American Football waren von circa 20 weißen Linien, den yardlines, quer durchzogen. Diese Linien waren genau acht Schritte auseinander, was ungefähr einem Yard entsprach. Das war nicht nur die Spielfeldeinteilung für American Football, sondern auch ein sehr wichtiger Anhaltspunkt zum Marschieren für die Band. Zunächst wurden uns die Ausgangspositionen beigebracht: wie wir uns benehmen sollten,

Körperhaltung, wie man in die Spielposition gelangte, wie sich der Abstand zum Nachbarn korrigieren ließ und wie richtig marschiert wurde. Es herrschte strengste Disziplin, die von allen ohne Weiteres akzeptiert wurde. Die Sonne brannte heftig, doch keiner meuterte oder beklagte sich. Auch ich war friedlich, obwohl ich „Greenhorn in Florida" ahnungslos eine lange Jeans angezogen hatte, und vor Hitze, die ich ja nicht gewohnt war, fast umgekippt wäre. Geleitet wurde die Probe von den Drum Majors Laura und Birch sowie einigen von der Band gewählten Captains.

Laura und Birch waren zweifellos die Autoritäten, deren Anweisungen es zu folgen galt. Sie gaben das Zeichen zum Start, schrien uns die Kommandos entgegen, die wir zackig und militärisch ausführten. Die Captains machten uns vor, wie die Bewegungen und Haltungen auszusehen hatten und korrigierten sie bei den Anfängern. Dann begann das Marschieren. Die 50 Neulinge in der Band mussten sich in drei Reihen hintereinander aufstellen und gleichmäßig die Beine bewegen, dabei den Körper etwas zurücklehnen und die

Fußspitzen nach unten biegen. Es war gar nicht so einfach, so viele Menschen die gleichen Bewegungen ausführen zu lassen. Zunächst wurde nur auf der Stelle marschiert, dann über eine, dann über zwei bis acht Yardlines. Schließlich kamen noch die 45- und 90- Gradwendungen nach links und nach rechts dran. Alles wurde mehrfach wiederholt. Ich kam mir vor wie ein Soldat. Den Blick „straight ahead", ernste Miene, die Schultern hoch und los ging es. Kam das auch mit den Schritten hin? Au weia, noch 'ne Yardline! Aha, da stand Laura. Na, da marschierte ich doch gleich viel lieber hin, denn sie war durchaus attraktiv...

Das Programm wurde uns natürlich nicht an einem Tag beigebracht. Die Vorbereitungen erstreckten sich über mehr als eine Woche. Gleich nach der ersten Probe zog Mrs. Ginbaugh mit mir los, um mir eine Shorts zu kaufen, die sie mir nachträglich zum Geburtstag schenkte. Ich hatte naiverweise nur eine Turnhose aus Deutschland mitgebracht. So etwas trug man hier nicht. Ich kaufte mir auch noch neue Socken, denn die konservativen Strümpfe mit Rautenmuster wurden allgemein belächelt. In Amerika trug man weiße Tennissocken!

Der letzte Probentag der Band fand gemeinsam mit den Fortgeschrittenen des Vorjahres statt. Rund 110 Leute nahmen Aufstellung. Es war das erste Mal, das Mr. East die Probe leitete, sonst war dies die Aufgabe der Drum Majors.

Mrs. Ginbaugh nahm mich während der Proben für eine halbe Stunde beiseite, um mich im Schulsekretariat anzumelden, und mit mir meinen Stundenplan zusammenzustellen. Mit der Schule war das auch so eine Sache. Ich hatte eine Liste zusammengestellt, auf der ich etwa zwölf Fächer aufführte, die ich gern auf meinem Stundenplan gehabt hätte. Ich war davon ausgegangen, dass diese Fächer wie in Deutschland über die ganze Woche verteilt unterrichtet würden. Das war ein Irrtum. In Amerika darf man ein Jahr lang nur sechs Fächer wählen, die jeden Tag zur gleichen Zeit stattfinden. Daneben müssen gewisse Auflagen erfüllt werden. Für mich als

Austauschschüler galten dabei etwas andere Regeln. Vorgeschrieben waren ein Kurs Englisch, ein Kurs Sozialwissenschaften und ein halbes Jahr lang ein politisches Fach. Die Amerikaner mussten wesentlich mehr solcher Kurse wählen, die sich allerdings über die vier High School-Jahre ganz gut verteilen ließen. Dazu kommt der tägliche Sport, sofern man nachmittags nicht am Schulsportprogramm teilnimmt, ferner Naturwissenschaften und zu dem noch Fahrschule. Der Unterricht vor der High School-Zeit findet in Amerika in Klassenverbänden statt, danach gilt das Kurs-System. Man gibt den Schülern somit die Gelegenheit, die Fächer nach persönlichen Interessengebieten zu wählen, wie beispielsweise Kochen, Bands, Fotografie, Autoreparatur, Kunst, Fremdsprachen, Computer oder Journalismus. Die Kurse werden von Schülern verschiedener Jahrgangsstufen besucht, je nach Interesse und Stundenplan. Die Schulältesten sind die Schüler der 12. Klasse; sie werden Seniors genannt. Die 11. Klasse stellt die Juniors, die 10. Klasse die Sophomores (merkwürdiges

Wort!) und die Klasse 9 die Freshmen, die - wie der Name vermuten läßt - ganz frisch und neu an der High School angekommen sind. Als die Dame im Sekretariat mich fragte, in welches Schuljahr ich wollte, konnte ich ihr keine Antwort geben, denn ich wußte ja nichts über die Leistungen, die jeweils verlangt wurden, und ob ich überhaupt problemlos im Schulstoff mitkommen würde.

Mrs. Ginbaugh entschied für mich. Ich kam in das Schuljahr, in dem die Schüler „graduierten", also das amerikanische Abitur machten. Tony war ebenfalls in diesem Jahrgang. Der Schulabschluss sollte für mich und die anderen Seniors im kommenden Jahr stattfinden, also 1981. Deshalb sprach man auch, wenn von den Seniors die Rede war, von der „Class of 81". Die Juniors, die erst in zwei Jahren „Graduation" (also ihren Abschluss) hatten, waren zu jener Zeit die „Class of 82" die Sophomores „Class of 83", die Freshmen demnach „Class of 84". Es schien sehr wichtig zu sein, dass ein High School-Schüler wusste, auf was für einem Level er war und wo er hingehörte. Nachmittags wurde man an der

Schule sportlich aktiv. Wer in der Marchingband spielte, war allerdings vom Sport befreit, da beides zugleich zeitlich nicht möglich war.

Nachdem die Dame im Sekretariat diejenigen Fächer, die notwendig waren, um die Auflagen zu erfüllen, in den Stundenplan geschrieben hatte, belegte ich noch je einen Kurs in Französisch und Mathematik, um nicht den Anschluss an den Unterrichtsstoff daheim zu verlieren, sowie das geforderte Fach „American Literature" und „American History". Schließlich ging ich zurück zur Probe.

Dann kam der erste Schultag. Früh am Morgen hatte ich mit Tony an einer bestimmten Straßenkreuzung zu stehen, an der uns der Schulbus abholte. Es war eines jener Gefährte, die man aus Filmen kennt: Gelb lackiert, lang und eckig mit dicker Motorhaube, einem Notausgang am Heck und einer wahren Lichtorgel an Blinklichtern. Diese gingen immer an, sobald der Bus Schüler aufnahm oder aussteigen ließ. Der nachfolgende und entgegenkommende

Verkehr hatte dann anzuhalten, ansonsten drohten teure Geldstrafen. Floridas Sonne brannte heiß und der Bus war klimatisiert, meistens eine Idee zu kalt für meinen Geschmack. Innen war er spartanisch ausgestattet und ziemlich laut. Morgens war der Bus immer sehr voll. Bei der ersten Fahrt saß Miriam neben mir, eine Sophomore. Beinahe war es so, als würde sie sich an mich schmiegen, aber leider lag das nur am Gedränge. Ich fand es jedenfalls cool. Die Schüler wurden an der Cocoa High School genau dort ausgeladen, wo abends die Marching Band-Proben stattfanden. Jeder Schüler hatte einen „Locker", ein Schließfach mit Vorhängeschloss, in dem er seine Schulbücher unterbrachte. Üblicherweise nahm man stets nur das Material mit ins Klassenzimmer, welches man auch tatsächlich brauchte – mehr nicht. Die Cocoa High School war ähnlich einem Campus aufgebaut: Einzelne flache Gebäude wie zufällig dahingeworfen, am Rande die große Cafeteria und mittendrin das einzige zweistöckige Gebäude mit der Verwaltung und der

Bibliothek. In Amerika hatte man halt Platz! Verbunden waren die Gebäude mit überdachten Betonwegen. So kam man auch bei schlechtem Wetter immer trocken von einem Klassenraum zum nächsten. Um die Schule herum wuchsen große Pinien, auf dem Gelände gab es Palmen und andere südliche Gewächse.

Ich ging mit Tony direkt zum Bandroom. Da hier jeden Tag für mich die Schule begann, wurde nun zuerst der Eid auf die Amerikanische Fahne geschworen - „The pledge of allegiance". Ein Poster mit dem Text dieses patriotischen Treueschwurs hing in jedem Klassenzimmer, ebenso wie eine Amerikanische Flagge. Dieser zugewandt sprachen alle Schüler den Eid mit der rechten Hand auf dem Herzen, während der kurze Text nach einigen „Morning-Announcements" sicherheitshalber über die Lautsprecheranlage in jeden Raum der Schule übertragen wurde. Wahrscheinlich hätte es mir niemand übel genommen, wenn ich dabei nicht mitgemacht hätte. Aber ich wollte so sehr Teil meiner neuen Umgebung werden, dass ich den

Treueschwur nach wenigen Tagen bereits auswendig mitsprechen konnte. Ich kann ihn noch heute und ein solches Klassenraumposter hing auch später, nachdem ich wieder zu Hause war, lange in meinem berüchtigten Partykeller...

Hier nun mein täglicher Stundenplan und ein erstes Kennenlernen der Lehrer.

<u>First period: Jazz Lab Band</u> unter der Leitung von Mr. East. Der kleine schwarzhaarige Mann mit Hornbrille und Schnauzbart hatte wahrhaftig Ahnung von seinem Fach. Er legte der Band Noten vor, die er im Zuge seiner Unterrichtsvorbereitung aus der umfangreichen Cocoa Musikbibliothek entnommen hatte. Dann legten wir gleich damit los, uns ein Repertoire für das Schuljahr zu erarbeiten. Ich war begeistert von dem Sound! Überhaupt fand ich die Besetzung der Bigband klasse: fünf Mann Rhythmus, bestehend aus einer E-Gitarre, einem E-Bass, einem Fender E-Piano, Schlagzeug und Percussion. Dann waren da fünf Saxofone (zwei Alt, zwei Tenor, ein Baritonsaxofon),

fünf Posaunen und fünf Trompeten. Ich hatte noch nie zuvor ernsthaft mit Jazz zu tun gehabt und mich im Vorfeld gefragt, ob ich in der Band wohl richtig war. Obgleich ich anfangs nicht so recht mithalten konnte, fasste ich schnell Fuß, kam mit dem Jazzfeeling zurecht und schnell packte mich der Ehrgeiz, noch viel mehr über diese Musikrichtung zu lernen.

Second period: American History bei Mrs. Avery. Sie war eine Schwarze – das war für mich etwas völlig Neues. Anfangs war ich daher ein wenig verunsichert und ich suchte mir einen unauffälligen Platz weiter hinten im Klassenraum, um meinem ersten theoretischen Unterrichtsfach zunächst aus der Beobachterposition zu folgen. Mrs. Avery durchschaute mich aber. Sie begrüßte den „German Exchange Student" sehr freundlich und setzte mich sogleich in die zweite Reihe. Der Unterricht hatte Kurscharakter, denn es passten kaum mehr als 20 Schüler in den Raum. Er war mit Postern geschmückt, die monumentale historische Gemälde Amerikanischer Geschichte zeigten. Natürlich durften auch hier Treueschwur und Fahne nicht fehlen! Mrs. Avery verlor nicht viele Worte über die neue Klasse. Sie redete die ganze Stunde über den Inhalt jenes Geschichtsbuches, das meine amerikanischen Mitschüler bereits vom Vorjahr kannten. Dann wechselte sie über zum neuen Buch, das auch ich bereits bekommen hatte. Sie gebrauchte viele mir unbekannte Worte, aber ich verstand den Sinn und musste daher nur wenig in meinem gelben Wörterbuch nachschlagen, das ich immer bei mir hatte.

Third period: Algebra II, zunächst bei Mr. Berry, einem alten, grauharigen Mann. Dieser Kurs war restlos überfüllt, und der Unterricht begann gleich mit einer Arbeit. Ich strengte mich ordentlich an und kam dabei gewaltig ins Schwitzen. Die Aufgaben waren nicht schwer und es stand ein Angebot von verschiedenen Lösungen zur Auswahl. Man brauchte nur das richtige Ergebnis anzukreuzen. Trotzdem wurde ich nicht fertig, denn ich wollte ja möglichst gut abschneiden und war deshalb zu genau. Ich fiel fast vom Stuhl, als Mr. Berry sagte, wir könnten den Test mit nach Hause nehmen um ihn dort zu vervollständigen. Das hätte ich in Deutschland auch gerne so gehabt! Nach zwei Tagen wurde der überfüllte Kurs geteilt und ich kam zu der jungen und hübschen Kubanerin Mrs. Belgados. Der neue Klassenraum war ziemlich kahl. Bis auf die wenigen Poster, die zumeist für Computer warben (Mrs. Belgados gab auch Unterricht in Computerprogramming, bzw. Informatik, wie wir heute sagen würden) und einem Overheadprojektor enthielt er die Standardausrüstung mit Fahne etc.. Die Decke bestand wie überall aus Mineralfaserplatten mit Neonlampen dazwischen. Gelernt wurde nur bei Kunstlicht. Ein Fensterchen gab es nur in der Eingangstür. Sofern in einem Raum doch einmal es ein weiteres gab, war dieses meist zugeklebt, um neugierige Betrachter fernzuhalten. Alle Räume waren klimatisiert. Ohne Airconditioning wäre bei der Hitze in Florida kein Unterricht möglich gewesen. Darüber hinaus gab es in dem Raum Schränke für die Utensilien der Lehrer und Unterrichtsmaterial, zwei Tafeln, ein Lehrerpult und einige Ablageflächen. Die

Schüler saßen auf einer eigenartigen Kombination von Stuhl und Tisch, mit einem Platz für Bücher unter der Sitzfläche. In meinen Augen waren diese Dinger höchst unpraktisch. Die Tischplatte war viel zu klein. Es war schwierig, sich in dem Möbelstück niederzulassen. Darin zu schlafen war noch schwieriger und kippeln konnte man damit auch nicht.

Mrs. Belgados war eine heitere Person und sehr sympathisch. Zwar sprach sie viel und schnell und machte es mir schwer zu folgen. Sie war aber immer bereit, mir die mathematischen Sachverhalte noch eimal etwas langsamer zu erklären. Danach wurde sie oft sehr persönlich und fragte mich, wie ich denn mit der Schule so klarkäme, oder nach Dingen aus meiner Heimat. Die dritte Stunde brachte täglich etwas Leben in den Schulalltag.

<u>Fourth period: American Literature</u> bei Mrs. Jones. Hier traf ich meinen inzwischen besten Freund Paul wieder und setzte mich gleich zu ihm. Mrs. Jones war ebenfalls eine Schwarze.

Ihr Äußeres war sehr einprägsam. Sie hatte eine Stupsnase, ein weit hervorstehendes Kinn und mindestens drei Zentimeter lange, rosa lackierte Fingernägel. Nach etwa einer halben Stunde wurde der Unterricht unterbrochen: Lunchtime! Die Pause dauerte eine halbe Stunde. Da die Cafeteria trotz ihrer Größe längst nicht alle Schüler der Cocoa High School zu fassen vermochte, war die Lunchtime in fünf Perioden aufgeteilt. Während die eine Gruppe aß, holte sich die andere das Essen von einem Stand ab, wo man sich Gerichte aussuchen konnte, und einem üppige, schwarze Frauen den Teller füllten. Ich war stets hungrig, denn zum Frühstück bekam ich jeden Morgen nur eine kleine Schüssel Cereal (Getreidekost wie zum Beispiel Cornflakes). Dies lag daran, dass Tony auch nur eine Schüssel nahm. Ich konnte Mrs. Ginbaugh einfach nicht klar machen, dass ich mehr gewohnt war und als Heranwachsender auch mehr brauchte. Daher musste ich zusehen, dass ich wenigstens in der Schule ordentlich zu Essen bekam. Gottseidank organisierte sie wenigstens, dass ich eine

Lunchcard erhielt, ein grünes Kärtchen mit meinem Namen drauf, wodurch mein Lunch nur 10 Cent kostete. Meistens zahlte ich aber noch drauf, manchmal bis zu einem Dollar von meinem Taschengeld aus Old Germany, weil mir diese kleinen Portionen einfach nicht reichten. Die schwarzen Frauen freuten sich über meinen Appetit, wo doch das Schulessen allgemein als nicht gut befunden wurde. Bei meinem Hunger war mir die Qualität auch reichlich egal, und so gaben sie mir immer etwas mehr als üblich und begrüßten mich täglich mit strahlendem Lächeln. Ich ging jeden Tag zusammen mit Paul zum Lunch, wo wir stets andere Leute aus der Band trafen und viel Spaß hatten.

Der Unterricht bei Mrs. Jones war sehr langweilig. Jede Woche erhielten wir zehn total unbekannte Vokabeln, deren genauere Bedeutung wir aus einem Wörterbuch heraussuchen sollten. Freitags erfolgte dann ein Test über diese Wörter. Ich war viel zu faul, diesen Kram auswendig zu lernen; also schummelte ich fleißig, obwohl man die Austauschschüler in einem YFU-Buch davor warnte. Auf die Schüler, die in meiner Nähe saßen, muss das zunächst einen schlechten Eindruck gemacht haben. Als sie aber sahen, dass es sich lohnte und ich auf diese Weise gute Noten bekam, fingen sie auch damit an. Später kannte ich kaum noch einen, der nicht mogelte, und aus dem wenig positiven Eindruck wurde Bewunderung über die vielen Techniken, die ich drauf hatte. Allerdings hatte ich nie ein ganz reines Gewissen dabei. Das Mogeln bezeichnet man nämlich als „cheating", und das Verb „to cheat" bedeutet genauer übersetzt eigentlich „betrügen". Mal ganz ehrlich: welcher brave Austauschschüler betrügt schon gerne?

Fifth period: Wind Ensemble bei Mr. East im bereits vertrauten Bandroom. Ein Wind Ensemble ist streng genommen nichts anderes als ein Blasorchester, allerdings mit dem Ziel, eher sinfonische Werke zu spielen. Da es keine Streicher gibt, werden diese in den Arrangements überwiegend durch Flöten, Klarinetten und Saxofone ersetzt und das funktioniert eindrucksvoll. Wie bei der Bigband begannen wir damit, ein Repertoire zu erarbeiten. Mr. East hatte wie immer alles im Griff. Wir spielten zunächst einige Stücke vom Vorjahr und machten dann etwas „sightreading". Stücke, die wir nie zuvor gesehen hatten, mussten wir direkt und möglichst fehlerfrei vom Blatt spielen. Eine fantastische Übung! Ich war überrascht, dass die Musikbibliothek der Schule so viel hergab.

Sixth period: French III bei Mrs. Rebert. Sie bestand darauf, dass ihr Name französisch „Rébäärr" ausgesprochen wurde. Ich hatte allerdings den Eindruck, dass diese ältere Dame niemals in ihrem Leben in Frankreich gewesen war, allenfalls auf einer sightseeing-tour für Rentner. Unter French III erwartete ich einen Fortgeschrittenenkurs. Ich hatte vier Jahre Französischunterricht hinter mir, verstand daher schon einiges und war deutlich weiter als die vornehmlich weiblichen Kursteilnehmer, die mich fasziniert anschauten, wenn ich französische Sätze von mir gab. Mrs. Rebert sprach nämlich den seltensten Akzent im Französischen, den ich je gehört hatte. Er glich dem Schnarren von Enten bei der Fütterung mit Brotresten. Das französische „nichts" (rien) sprach sie: „ri-enng!!" - wohlgemerkt mit amerikanisch gerolltem „R" am Anfang. Zunächst gestaltete sich der Kurs etwas schwierig mit dem Hin- und Her der drei Sprachen, die es zu bewerkstelligen galt. Dazu kamen noch die komischen, kaum zu erkennenden Laute von Mrs. Rebert. Ich hatte jedoch keine Probleme, hier mitzuhalten. Es war aber die letzte Stunde, bevor ich wieder den Schulbus bestieg, der mich zurück zu den Ginbaugs brachte. Oft war ich in dieser sechsten Stunde so müde, dass ich trotz der unbequemen Bestuhlung schon mal kurz einschlief.

An den Schulalltag gewöhnte ich mich schnell. Bald kannte ich die Lehrer besser, war mit einem großen Personenkreis, insbesondere aus der Band, befreundet und kannte mich gut auf dem Gelände der Cocoa High School aus. Durch die Tatsache, dass die Schule so anders war als in Deutschland, machte sie mir richtig Spaß. Glaubt mir das etwa keiner?

Sind die Amis wirklich so verrückt?

Die Marching Band-Proben fanden montags, dienstags und donnerstags jeweils abends von halb sieben bis neun statt und wurden von Mr. East und seinen Drum-Majors Laura und Birch geleitet. Es herrschte strengste Disziplin. Mr. East hatte zuvor auf Millimeterpapier die komplette Show entworfen, die die Band in der Pause des ersten Football-Spiels dieser Saison aufführen sollte. Auf der Skizze war jeder Musiker eingezeichnet, ferner die Bewegungen, die er auszuführen hatte, um gemeinsam mit den anderen eine Figur auf dem Spielfeld zu formieren. Alles bewegte sich nach dem Acht-Schritte-System. Die Show sollte aus drei fetzigen Stücken bestehen. Das erste war das Erkennungsstück der Cocoa High School, das nach dem hier üblichen Anfeuerungsruf benannt war: „Get it on!"

Alle Schulen hatten ihren eigenen Anfeuerungsruf, aber noch längst nicht jede hatte auch eine eigene Erkennungsmelodie! Seit Bestehen der Cocoa High School wurden die Marchingshows mit „Get it on!" eröffnet. Wir wurden bei der erstn Gesamtprobe gerade mit der Show zu „Get it on!" fertig. Bei der zweiten und dritten marching Band-Probe kamen dann die letzten beiden Stücke dazu. Zunächst wurde intensiv ohne Instrumente geübt, die währenddessen irgendwo im Gras lagen.

Ich wunderte mich immer wieder, wie schnell die Marching Band mit so einem gewaltigen Projekt vorankam. Sicherlich lag es an der hervorragenden Organisation und an der Disziplin. Ich hatte aber ebenso das Gefühl, dass die Spieler allen Ehrgeiz daransetzten, besser sein zu wollen als die Bands der anderen Schulen. Dieser Funke sprang auch alsbald auf mich über. In Amerika ist allerdings nicht von Schulpatriotismus die Rede, sondern vom „Spirit" - dem „Geist" der Schule. Dazu wiederum gehört ein Symbol mit besonders kennzeichnenden Farben. Wir

waren unverkennbar die „Cocoa High Tigers"
und unser Spirit war „orange and black". Ich
kam mir vor, wie in einer Horde von
Verrückten, als Drum-Major Laura gegen Ende
einer Probe plötzlich schrie:

"Tiger Band - Let me hear your growl!!!"

Woraufhin 109 People – ich traute mich
anfangs noch nicht so richtig – wie irre
drauflosbrüllten und -schrien und erst auf ein
Zeichen hin wieder still waren. Das Ganze
wurde wiederholt, weil es Laura es nicht laut
genug war! Aber das war noch nicht der ganze
Spirit. Nach einer weiteren Woche, also nach
drei Proben, saß die Show einigermaßen,
obgleich Mr. East anderer Meinung war. Nun
gab es keine Probe mehr vor dem ersten Spiel,
denn am kommenden Tag, einem Freitag,
sollte das erste Football-Match gegen die
„Titusville Bulldogs" stattfinden.

Die Schule war am Freitag morgen gänzlich
verändert. An den Wänden hingen
selbstgemalte Plakate mit Aufschriften wie:
„Tigers are stronger than Bulldogs" oder sogar
„Kill the Bulldogs!" eben der ermutigende

Aufruf „Get it on Tigers! We are the best!". Fast alle, sogar die Lehrer, trugen T-Shirts passend zum Spirit: „orange and black" mit entsprechender Aufschrift. Die Football-Spieler waren ausgestattet mit schwarzen, luftigen T-Shirts, auf denen ihre Spielernummer in Weiß prangte. Die Cheerleader, flotte Mädels, deren Aufgabe es war, das Publikum anzuheizen, erschienen in ihrer Uniform – den orangen Miniröcken mit kunstvoll aufgestickten schwarzen Lettern: CHS (Cocoa High School). Sie verkauften die sogenannten „Pompoms", Holzstäbe, an denen ein großes Büschel von orangen und schwarzen Krepppapierstreifen klebte. Diese wurden besonders gern von den Mädchen gekauft. Später im Stadion ergab das dann ein Meer aus Schwarz und Orange.

In der sechsten Stunde wurde die Band plötzlich aufgerufen, in die Turnhalle zu kommen zu einer „Pep Ralley". Auf der Tribüne waren für die Band und die einzelnen Jahrgänge jeweils bestimmte Abschnitte vorgesehen. Als die Halle voll war, spielte die Band „Get it on!" und die Menge applaudierte lautstark. Nun gaben die Cheerleader eine kurze Vorstellung, die ebenso enthusiastisch beklatscht wurde. Sie hatten ihe Figuren und Rufe genau so fleißig geübt wie die Band ihre Show. Bei den Cheerleadern waren immer die schlanksten und hübschesten Mädchen der Schule. Wer eine solche zur Freundin hatte, war stets hochgeachtet! Die jungen Damen wussten um ihren Wert und nahmen natürlich nicht jeden. Sie hatten ja auch die freie Auswahl. Ich hatte praktisch keine Chance. Was sollten sie auch mit so einem geknebelten Austauschschüler wie mir, der nicht mal ein Auto hatte und sich nicht frei im Land bewegen konnte?

Schließlich kam das Footballl-Team in die Halle gestürmt. Diesmal machten die Schüler solch einen solchen Lärm, dass ich nicht einmal mehr meine eigene Trompete hören konnte. Der Schulleiter richtete das Wort an die Menge. Er forderte alle Jahrgänge einzeln auf, dem Team zuzujubeln, um diesem damit den Spirit der Schule zu zeigen. Mit einem letzten Stück von der Band und dem Ausmarsch des Football-Teams war die „Pep Ralley" dann beendet. Ich war halb taub, doch fühlte mich zugleich seltsam patriotisch gestimmt.

Dann, am späten Freitag Nachmittag, fand schließlich das Spiel statt. Die Band hatte vorzeitig da zu sein. Wir fuhren in Ginbaughs Van und kamen alle kostenlos ins Stadion, auch Dana und C.J., die Mrs. Ginbaugh unter den Banduniformen versteckt hatte, um für sie das Eintrittsgeld zu sparen. Tony und ich halfen uns gegenseitig beim Anlegen der Uniformen. Wenig später stand die Band spielbereit in Reih und Glied. Mr. East ging zwischen den Musikern hin und her, besah sich jede einzelne Uniform und untersuchte manchmal wahllos ein Instrument. Der Sinn dieser Stichprobe war, dass er sehen wollte, ob es vor dem Auftritt entsprechend gesäubert wurde. Neben ihm stand Drum-Major Laura, um das jeweilige Instrument wieder in Empfang zu nehmen. Der Spieler selbst durfte bei der Kontrolle keine Miene verziehen und weder Mr. East noch seine Begleiterin ansehen. Er hatte den Blick „straight ahead" in die Ferne zu richten. Etwaige Fragen galt es zackig mit „Yes, Sir!" oder „No, Sir!" zu beantworten. Auch wenn eine längere Antwort erwünscht war, durfte das Wörtchen „Sir" am Ende nicht fehlen, sonst gab es, wie bei anderen Mängeln, Strafpunkte im Bandregister. Mr. East wollte mich als Neuzugang gerne testen und ich machte anfangs alles falsch. Er sagte:

„Let me see his horn".

Ich lächelte ihn an und hielt ihm das Instrument vor seinen flachen Brustkorb. Laura konnte sich ein Lachen kaum verkneifen, aber Mr. East schien das gar nicht lustig zu finden. Er sagte mir in ernsthaftem Ton, was zu tun sei. Dann nahm er verschiedene Teile meiner Trompete auseinander, schraubte daran herum und untersuchte schwer erreichbare Stellen mit einem Wattestäbchen. Hätte sich die Watte geschwärzt, was bei Blechblasinstrumenten durch Speisereste, Öl und Zugfett leicht passieren kann, so hätte es Strafpunkte gegeben. Glücklicherweise hatte ich auf Anraten von Steve meine Trompete einige

Stunden zuvor gründlich gereinigt und so lief zumindest in diesem Punkt alles glatt.

Nachdem die ganze Band inspiziert war, marschierten wir unter mächtigem Einsatz der Schlagzeuger in die für uns vorgesehenen Reihen auf der Tribüne. Wir hatten noch etwas Zeit und beobachteten das Football-Team beim Aufwärmen und die Cheerleader bei ihrer letzten Probe. Mrs. Ginbaugh und andere Band-Eltern bedienten die ersten Gäste an den Erfrischungsständen mit Hotdogs, Popcorn, Coke und anderen ungesunden Sachen. Das gegnerische Team und dessen Band traf ebenfalls ein, und die ersten Schlachtrufe erschollen über das Spielfeld. Die Band und die Cheerleader brachten das Publikum in Stimmung. Kurz vor Spielbeginn marschierte eine Art Ehrengarde auf das Football-Feld und über die Stadionlautsprecher tönte die Stimme eines Pfarrers, der die Spieler segnete und den Wunsch aller aussprach, dass niemand verletzt werden möge. Dann spielten wir „America the beautiful" und die Augen des Publikums wurden feucht.

Nun waren alle Vorbereitungen abgeschlossen, sogar ein Krankenwagen und ein Polizeiaufgebot waren vorhanden. Im Publikum dachte jedoch niemand an eine Schlägerei oder dergleichen: Randaliererereien, wie sie manchmal in deutschen Stadien losgingen, schien es nicht zu geben. Nun sollte der Einmarsch der Teams erfolgen. Die Cheerleader, gegenüber- und teilweise übereinanderstehend, hielten ein großes Papier-Transparent mit verschiedenen Schlachtrufen der Cocoa Tigers darauf. Das Kunstwerk zerriss in tausend Fetzen, als unter den Klängen von „Get it on!" und Beifallsgetöse unser Footballteam hindurchgestürmt kam. Das war weit spektakulärer als der Auftritt der Titusville Bulldogs! Im Nu waren die Tränen der Rührung verschwunden und beste Stimmung kam auf, die bis zuletzt anhielt. Unter dem Jubel der Menge wurde der Football angestoßen und los ging's.

Jede Mannschaft versuchte durch taktische Spielzüge, den Ball in den gegnerischen Strafraum zu bekommen und dann über das

„Tor", das aussah wie eine Stimmgabel, hinwegzukicken. Es galt, die Spieler, die den Ball (das Ei) hatten, aufzuhalten - egal wie! Dabei ging es zum Teil recht ruppig zu. American Football ist ja ein Ableger vom Rugby, auch nicht gerade ein Sport für Weicheier. Verständlich also, dass für dieses Spiel schwere Rüstungen, bestehend aus Helmen, Brustpanzern, Schulterschilden und Schienbeinschützern, erforderlich waren. Die Cocoa Tigers gewannen, mußten selber aber auch Gegentore hinnehmen, was das Publikum überraschenderweise locker akzeptierte.

In der Halbzeit führten – wie geplant – die Bands ihre Shows auf. Ich war ganz schön aufgeregt. Das Spielfeld kam mir so riesig vor, und dann noch die Flutlichtanlage! Man könnte mich ja sehen! Prompt marschierte ich auch einmal falsch, war aber trotzdem begeistert von der ganzen Sache. Klitschnaß geschwitzt – die Uniform war wärmer als ich dachte – teilte ich jedermann meine Begeisterung mit.

„Die erste Aufführung war bisher nie gut", sagten sie. Aber das störte mich nicht. Ich freute mich auf das Football-Spiel und unseren Einsatz am nächsten Freitag.

Nach dem Spiel ging es erst so richtig los. Jeden Freitag bekam Tony den Van seiner Mutter, denn in Amerika darf man bereits mit 16 Jahren Auto fahren. Zusammen mit seinem dicken Freund, dem Tubisten Paul, zogen wir los und machten die Gegend unsicher. Um gleichnamige Leute besser auseinander halten zu können, trafen wir folgende Unterscheidung: Tonys Freund war „Paul the First", meinen Trompeterfreund nannten wir „Paul the Second". Zuerst fuhren wir zu einem der sogenannten Fast-Food-Restaurants, um unseren Hunger zu stillen. Danach kam es ganz drauf an, was los war in der Gegend. Entweder wurden halsbrecherische Autojagden durch die engen Straßen Cocoas veranstaltet, oder irgendwelche, mir zunächst noch unbekannten, Freunde Tonys besucht.

Eine sehr beliebte Beschäftigung war es, Gegenstände von Freunden in Klopapier einzuwickeln; selbst Häuser, Vorgärten, Autos, Briefkästen und Bäume, ja, ganze Vorgärten wurden auf diese Weise verziert. Die Aktion lief folgendermaßen ab: Zunächst wurde Geld gesammelt, dann wurden die speziellen „Rollen" im Supermarkt besorgt und schließlich wurde ein Opfer ausgewählt. Den Van parkten wir in einer Nebenstraße und jeder begann, so leise wie möglich, alles Mögliche einzuwickeln. Wir hatten einen Mordsspaß dabei!

Tony und ich kamen meist erst nach Mitternacht nach Hause. Im Van dröhnte die Musik aus allen Lautsprechern, aber Mrs. Ginbaugh sagte keinen Ton, sie war dergleichen offenbar gewohnt und hatte anscheinend Verständnis für das Treiben der Jugend.

Bei Heimspielen der Cocoa Tigers fanden derartige Sessions eigentlich jeden Freitag statt, nur bei Auswärtsspielen war das nicht möglich. Die Party-Locations und die Streiche änderten sich – der Ablauf blieb im Großen und Ganzen derselbe.

Die Show der Band wurde von Mr. East mehrmals umgestaltet. Wir hatten viel Spaß bei den Proben, auch wenn sie durch die Hitze manchmal so anstrengend waren, dass der eine oder andere Spieler ohnmächtig wurde und einfach umkippte. Das Sousaphon von Paul the First bot sich hervorragend an, allerlei Dinge hineinzuwerfen, wie Steinchen, Getränkebecher, Tannenzapfen usw. Er musste das Instrument dann mehrmals umständlich drehen, um die Sachen wieder herauszubekommen, was sehr lustig aussah. Einmal taten wir einen Frosch hinein, bekamen dann aber Mitlied mit dem Tier, konnten es jedoch nicht wieder herausbekommen. Was aus ihm geworden ist, habe ich nicht mehr erfahren, da wir Paul von der Anwesenheit der Amphibie berichteten und sie sodann ihrem Schicksal überließen.

Der Drum-Major Birch war ebenfalls oft ein Grund zum Lachen. Er versuchte immer, authoritär zu wirken, was aufgrund seiner flachen Brust, seiner schlechten Körperhaltung, seiner schlappen Gangart und seiner seltsamen Kopfform nicht so recht gelang. Er brüllte seine Befehle noch lauter als Laura und ließ auch ab und zu mal die

Bandmitglieder strafexerzieren. Nachdem ich der Blechbläsergruppe ein paar ungezogene Sätze auf Deutsch beigebracht hatte, wurde alles noch lustiger. Als Birch wieder einmal erhobenen Hauptes vorbeistolzierte, rief plötzlich jemand „Hühnerbrust". Birch ließ gleich zwei Verdächtige strafexerzieren und fragte mich:

„What does it mean?"

Ich übersetzte direkt: „Henchest."

Das Wort gibt es im Englischen überhaupt nicht, aber mit dem Zeigefinger auf seinen nackten Oberkörper tippend, machte ich ihm klar, was gemeint war. Daraufhin musste ich vier Yardlines marschieren. Eigentlich hätten alle Bläser mitkommen müssen, denn die konnten sich kaum halten vor Lachen.

Auch das Wort „Arschloch" und die Genitalien hatten einen gewissen Effekt. Diese übersetzte ich aber lieber nicht, sondern marschierte gleich ein paar Yardlines. Solche Späße durfte man sich allerdings nur erlauben, wenn Mr. East und Laura anderweitig beschäftigt waren.

Laura, die mehr Spaß verstand als Birch, kam auch an die Reihe:

„Du siehst gut aus", sagte Steve fast ohne Akzent. Chris der Trompeter neben mir, der ebenfalls ein guter Kumpel war, schien anderer Meinung zu sein.

„Du siehst nicht gut aus", meinte er, „du bist häßlich". Allerdings schien er das nicht wirklich erst zu meinen, denn er ging später eine Weile mit ihr. Kenny sah mich fragend an:

„Hühnerbrust?" wollte er wissen, auf Laura deutend.

„Nein", mischte sich Paul the Second ein, „Busen gut."

Laura lächelte, wurde rot und ging weiter, ohne eine Übersetzung zu verlangen.

Wenn Mr. East gerade mit einem anderen Teil der Band probte, saßen wir Blechbläser auf dem Boden und führten - teilweise sogar ziemlich intime Gespräche. Ich hatte ehrlich gesagt gar nicht so viel Offenheit von der amerikanischen Jugend erwartet. Da wurde es manchmal selbst für mich peinlich, als man mir aus jenem Bereich allerlei Vokabeln nannte, die ich erklären sollte. Aber, sie nahmen es nicht sonderlich ernst; man machte sich vielmehr einen Spaß daraus. Ich wiederum fand es lustig, Vokabeln, die mir spontan nicht einfielen, aus mir bekannten Worten zusammenzusetzen, was nicht unbedingt einen Sinn ergab. „Henchest" war da nur der Anfang. Ich hatte stets die Lacher auf meiner Seite, wenn ich Worte wie „Mountain Goat" (Bergziege) oder „Dustsucker" (Staubsauger) zum Besten gab.

So zog sich der Bandalltag hin. Ab und zu kam es zu Überraschungen. Mitte Oktober gibt es in Amerika einen Tag, der „Halloween" genannt wird. Irgendwie musste das etwas mit Geisterbeschwörung zu tun haben; den Sinn habe ich damals nicht so ganz begriffen. Wichtig war für mich nur, dass jedenfalls viel gefeiert wird an diesem Tag. Dazu verkleidet man sich in der Regel. Mr. East beschloss, etwas Abwechslung in die Bandshow zu bringen. Wegen Halloween nahm er einen Dixieland ins Programm auf und ließ uns in frei gewählten Kostümen auftreten. Ich kaufte mir eine Maske, die eine Art Werwolf darstellte, borgte mir einen schwarzen Umhang, klebte mir künstliche Haare an die aus den aufgekrempelten Hosen hervorsehenden Beine, zerriß ein altes T-Shirt und beschmierte es mit künstlichem Blut aus der Tube. Nun war ich ein perfektes Monster! Ein kleines Loch kam in die Gummimaske für das Trompetenmundstück und schon war ich fertig für den Auftritt.

Die anderen Kostüme waren ebenfalls sehr einfallsreich. Larry, der Saxofonist marschierte sogar mit Schwimmflossen (Flippers)! Auf dem gepflegten Rasen des Spielfeldes ergab das alles ein buntes Durcheinander und das Publikum applaudierte begeistert. Nach dem Football-Spiel besuchten wir noch zwei Partys, und ich erlebte in Mrs. Ginbaughs Van die absolut tollkühnste Autojagd meines Lebens. Nur gut, dass dabei nichts passiert ist.

Aber, es gab auch eine unangenehme Überraschung – und zwar beim Homecoming-Spiel der „Scorpions" von Satellite Beach. „Homecoming" nennt man den Zeitpunkt, wenn ein Football-Team nach mehreren Auswärtsspielen endlich wieder zu Hause im eigenen Stadion spielt. Dies ist mit viel Firlefanz verbunden. Die Schulen werden geschmückt, in den Cafeterias werden Tanzabende für Schüler veranstaltet und es wird eine große Parade durch den Ort wird organisiert, die dann abends in das Stadion einzieht. Das Tollste aber ist, dass in der Woche zuvor von den Jungs in geheimer Wahl die Schulschönste zur „Homecoming-Queen" gewählt wird. Bei uns gab es dabei auch mehrere zweite und dritte Plätze. Jene Damen durften sich Eskorten aussuchen und wurden sitzend auf den teuersten (Leih-)Wagen der Stadt ins Stadion eingefahren. Die Band spielte ein paar feierliche Stücke und wie immer blieb kein Auge trocken.

Als das Football-Team der Cocoa High School der Gegner der „Scorpions" von Satellite Beach war – an deren Homecoming –

geschah eine ganz schöne Schweinerei. Aufgrund eines Feuerwerks wurde plötzlich das Flutlicht abgeschaltet, wovon man uns zuvor nichts gesagt hatte. Währenddessen nutzten Diebe die Gelegenheit, um ungesehen in die beiden Schulbusse mit unseren Zivilsachen einzudringen, und klauten uns insgesamt etwa 100 Dollar. Die Band war zu diesem Zeitpunkt auf der Tribüne und die beiden Busfahrerinnen wurden im Dunkeln von den Tätern überrascht und konnten praktisch nichts tun. Die Eindringlinge waren von hinten über den Notausgang in die Busse gelangt und hatten unsere Sachen durchwühlt. Mir wurde zum Glück nichts gestohlen. Die Satellite High School mußte sich später für den Vorfall entschuldigen und den Schaden ersetzen.

Ein packendes Erlebnis war für mich auch die Krönung der Marching- und Football-Saison: der „Marching Contest", ein Wettbewerb, an dem alle sechzehn Bands aus dem Umkreis teilnahmen. Die eine Tribüne längs des Spielfelds war für die Bands reserviert, auf der gegenüberliegenden Seite tummelten sich Tausende von Fans. Bevor man uns auf das Feld ließ, wurde man von einem sehr ernst dreinschauenden Herrn inspiziert. Das lief genauso ab, wie die Inspektion vor dem ersten Spiel durch Mr. East, aber viel strenger! Dafür musste man für etwa eine Viertelstunde eine höchst unbequeme, stramme Haltung einnehmen. Der Mann prüfte die Uniform jedes Bandmitglieds und sogar stichprobenartig die Instrumente. Selbst bei nur um Millimeter schiefsitzenden Mützen oder kaum sichtbarem Staub auf den Schuhen wurden bereits Strafpunkte verteilt. Da hatte selbst ich keine Lust, irgendwelche Witze zu machen, denn Strafpunkte gingen mit in die Gesamtwertung des Wettbewerbs ein und wir wollten alle das beste Egebnis für die Cocoa High School.

Als wir fertig waren und in Reih und Glied ungeduldig darauf warteten, auf das Feld marschieren zu können, wurden wir abermals für eine weitere halbe Stunde auf die Folter gespannt, weil in der Kabine der Preisrichter der Strom ausfiel. Die Show verlief glücklicherweise fehlerfrei. Anschließend sahen wir uns die anderen Bands an, die teilweise sehr gute Darbietungen zeigten, und amüsierten uns mit ihnen nach ihren Auftritten auf der Tribüne.

Dann wurden die Ergebnisse bekanntgegeben: „Cocoa High Tiger Band" ertönte es als erstes über die Stadionlautsprecher. Totenstille kehrte ein. Unsere Hände klammerten sich um die Instrumente, ein paar Mädchen wimmerten, sogar auf der Zuschauertribüne war es mucksmäuschenstill.

„Superior, Congratulations!" frohlockte die Stimme. Die Tribüne ächzte bedenklich, als einhundert Musiker mit wahnsinnigem Geschrei auf einmal aufsprangen und sich in die Arme fielen. „Superior" war die höchste mögliche Auszeichnung. Bei anderen Bands, die ebenfalls die beste Note erhielten, verlief das ebenso. Nach der Bekanntgabe der Ergebnisse stürmten wir alle auf das Spielfeld, spielten „Get it on!" und umarmten uns gegenseitig, wobei auch völlig unbekannte Leute mit einbezogen wurden. Der Teamgeist war einfach großartig. Auch Laura kam hinzu;

in der einen Hand hielt sie eine große Trophäe, mit der anderen wischte sie sich die Freudentränen ab. Es war eine Stimmung im Stadion, wie bei einem siegreichen Heimspiel von Werder Bremen. Gefeiert wurde der Erfolg mit einigen Partys und dem obligatorischen Autorennen durch die Straßen Cocoas.

Anfangs kamen mir die Amerikaner ja tatsächlich etwas „crazy" vor. Wenn man selbst mittendrin steckt, ist das etwas anderes. Bisher habe ich ja vorwiegend über das Leben in meiner Familie, in der Band und vom Homecoming berichtet. Ich habe die Amerikaner als sehr fleißige und pflichtbewusste Menschen erlebt. Der Leistungsdruck ist ziemlich hoch, aber man nimmt nur alles viel lockerer als bei uns. Die Amerikaner sind sehr gastfreundlich und halten untereinander zusammen, wobei die zahlreichen kirchlichen Gemeinschaften sicherlich eine wichtige Rolle spielen. Gewundert habe ich mich über die Disziplin, die in Amerika herrscht. Da diese schon in der Schule anerzogen wird mit dem allmorgendlichen Gelöbnis auf die Amerikanische Flagge, gehört sie zum Amerikaner ebenso wie die Paraden. Dadurch, dass ich mich während meines Amerika-Aufenthaltes soviel an den Aktivitäten beteiligte, konnte ich mich hervorragend in die dortige Gesellschaft integrieren. Die anfänglichen „Verrücktheiten" erschienen mir bald als normal und ich wurde ein Teil davon.

„Für dieses Jahr bist du einer von ihnen", sagte ich mir. Ihre Mentalität gefiel mir, ihre Begeisterung riss mich mit, und ich fand es schön, so mit Amerikanern zusammen zu sein und Erlebnisse zu teilen.

Viel Ärger und die netten Leute

Ein ernsthaftes Problem bei den Ginbaughs war für mich die Ernährung. In den ersten Wochen nach meiner Ankunft bekam ich ein reichhaltiges Frühstück und konnte essen, soviel ich wollte. Mein Bedarf war nach vier bis sechs Toastscheiben meistens gedeckt. Nach einer Weile wurde dies den Ginbaughs anscheinend zu viel und zu teuer. Zuerst wurden die Toastscheiben reduziert, später gab es dann nur noch eine Schüssel Cereals, mit der ich bis zum Mittag auskommen musste. Zu Mittag gab es dann kein warmes Essen wie in Deutschland, sondern bei Ginbaughs höchstens ein Sandwich, weshalb ich beim Schulessen immer ordentlich zulangte. Nur wenn Mrs. Ginbaugh sehr gut gelaunt war, wurde mal eine Ausnahme gemacht. Grundsätzlich wurde abends warm gegessen. Das Essen selbst war meistens gut, doch zu wenig, um den Hunger eines ganzen Tages zu stillen. Wenn ich Durst hatte, durfte ich mir das billigste Getränk aus dem Kühlschrank holen: „Cool Aid", ein Gemisch aus Wasser und einem süßen Getränkepulver mit Farbstoff. Davon gab es vier Geschmacksrichtungen, mithin: vier unterschiedliche Farben. Die Ginbaughs nutzen leere Ein-Gallonen-Kanister für Milch zum Anrühren des Getränks. Leerte ich eine

Plastikflasche, war ich verpflichtet, ein neues Getränk anzurühren. Man trank dieses auf Eis und es schmeckte auch gar nicht so übel. Ich wunderte mich nur darüber, dass die Familie selbst – bis auf wenige Ausnahmen – die teuren Limonadengetränke wie CocaCola tranken. Einmal kaufte ich für mich ebenfalls einige kleine Flaschen Coke und das war, glaube ich, ein Fehler. Als ich sie trinken wollte, hatten Dana und C.J. am Nachmittag bereits drei davon geleert. Sie konnten ja nicht wissen, dass es meine waren! Ich protestierte natürlich, worauf mir Mrs. Ginbaugh laut schimpfend einen Dollar an den Kopf warf. Ich nahm ihn natürlich nicht an, denn mir war der Vorfall höchst peinlich, und ich trank meine mir verbleibenden Flaschen so schnell wie möglich zu leeren. Von da an trank ich wieder „gefärbtes Wasser". Etwas besser wurde es im späten Herbst, denn dann waren die Orangen reif. Im Garten der Nachbarin, einer älteren Dame, stand ein großer Orangenbaum und wir durften von dort so viele Früchte holen, wie wir wollten. Es waren Saftorangen, keine, die man schälen und so verzehren konnte. Die Ginbaughs hatten eine Saftpresse und so gab es jeden Tag mindestens einen wunderbaren Vitamindrink.

Was Mrs. Ginbaugh tagsüber machte, während ich in der Schule war, wusste ich nicht so genau. Tony sagte mir einmal:

„She has Jobs to do."

Das war eine sehr unpräzise Aussage. Ich wusste genau, dass sie keinen festen Arbeitsplatz hatte. Später erzählte sie mir einmal, dass sie Autos und Trailer wusch, Rasen mähte und für gebrechliche Leute einkaufen fuhr, um sich etwas hinzuzuverdienen. In der Zwischenzeit telefonierte sie stundenlang, kaufte ein und brachte Tony und mich, sowie die Kinder zu Veranstaltungen und Aktivitäten.

Ihren Händen sah man an, dass sie auch Gartenarbeit verrichtete. Die Fingernägel waren kurz und wiesen trotzdem schwarze Halbmonde auf. Beim Fernsehen oder Telefonierten kaute sie an den Nägeln. Mit Schaudern dachte ich daran, dass sie mit diesen Händen ja auch die Speisen zubereitete. Ich versuchte, diese Gedanken zu verdrängen.

Mr. Ginbaugh verließ das Haus am frühen Morgen. Er weckte uns, bevor er ging, indem er Tony am Fuß zog und das Etagenbett zum Wackeln brachte. Er verließ das Haus adrett und sportlich gekleidet. Und sah dabei richtig gut aus. Auch schien er ein sehr intelligenter Mann zu sein. Wenn Tony und ich mal Probleme in Mathematik hatten, wusste er stets einen Weg, um die Aufgaben zu lösen. Von Beruf war er „Designer Engineer" im Kennedy Space Center – was auch immer unter dieser Berufsbezeichnung zu leisten war. Mr. Ginbaugh kam so gegen fünf Uhr am Nachmittag nach Hause und zog sich zunächst uralte Klamotten an: verschmierte Hosen und kaputte T-Shirts, genau wie seine Frau. Er trank sein Bier, rauchte, sah fern und ging ins Bett. Jeden Abend das Gleiche. Er hatte seinen Sessel, den kein anderer aus der Familie benutzen durfte. Beim Essen sprach er sehr wenig und jeder respektierte ihn. Er war der Boß der Familie. Ich hörte ihn einmal sagen:

„Ich arbeite, meine Frau erzieht die Kinder."

An den Wochenenden saß er alleine in der Steinhütte hinter dem Trailer, bastelte daran oder an Elektrogeräten, wobei er Radio hörte, zuweilen dazu pfiff und hin und wieder mal laut fluchte. Ich malte mir aus, dass er jedesmal Stromschläge von seinen Basteleien erhielt, wenn er so schimpfte. Um den Haushalt kümmerte er sich nur mit einer Ausnahme: Er buk jedes Wochende eine Pizza, die immer sehr lecker schmeckte.

Im Haus selbst ging alles ziemlich drunter und drüber. Das eigentliche Wohnzimmer war einigermaßen sauber. Vor den Fenstern waren sogar Vorhänge, und die Kinder durften sich nicht auf die Möbel setzen. Es wurde so gut wie nie benutzt und diente mehr als Vorzeigezimmer. In dem Familienzimmer, das typisch amerikanisch durch eine Theke von der Küche getrennt war, und in dem man fernsah, stand weitgehend sperrmüllreifes Mobiliar herum. In Tonys Bude und im Kinderzimmer schien auf den ersten Blick Ordnung zu herrschen. Es war allerdings besser, nicht in die Schränke, Schubladen oder unter die Betten zu gucken. Im Schlafzimmer der Eltern war es am schlimmsten. Dort wurden die Betten nie gemacht, bei den Kindern nur hin und wieder. Mein Bett machte ich gleich morgens und Tony straffte nachmittags die Laken seines Lagers.

Auch die Dusche und das Bad mit den beiden WC ließen zu wünschen übrig. Alle zwei bis drei Monate wurde dort mal geputzt. Klar, dass sich Spinnen und Kakerlaken hier wohlfühlten. Die Spülung der Toiletten war nur sehr schwach und infolgedessen ging nicht immer alles weg. Während ich ständig darauf achtete, nichts in der Schüssel zu hinterlassen, kam es doch häufiger vor, wenn es galt, einem Bedürfnis nachzugehen, dass noch die „großen Jungs" vom Vorbenutzer darin herumschwammen. In amerikanischen Kloschüsseln wird nicht einfach nur etwas weggespült. Es wird mit der Spülung immer erst ein Wasserstrudel wie ein Tornado erzeugt, der dann die Hinterlassenschaft durch ein winziges Loch hinfort spülte. Theoretisch. Bei größeren Abwürfen passten selbige nicht durch das Loch, wurden mit unzähligen Spülgängen allmählich durch den Strudel zerlegt und kreisten munter in der Schüssel umher, ehe sie dann klein genug waren, um weggespült zu werden. Im großen Bad benutzte C.J. die Kloschüssel dazu, seine manchmal nicht ganz stubenreinen Unterhosen darin einzuweichen. Dieses Klo funktionierte das ganze Jahr nicht richtig. Wahrscheinlich hat er mal versucht, eine wegzuspülen.

Auch im Kühlschrank herrschte eine heillose Unordnung. Dies stellte ich jedesmal fest, wenn alle Ginbaughs ausgeflogen waren, und ich die Gelegenheit nutzen konnte, meinen knurrenden Magen mit Äpfeln, Karotten, Bananen oder Keksen zu beruhigen. Oft stieß ich dabei auf leere Verpackungen und verdorbenes Obst. Letzteres warf ich dann hinaus in den Garten, wo es am wenigsten auffiel, denn dorthin flog sowieso täglich allerhand Müll. Ich stibitzte immer von ganz hinten und bemühte mich ansonsten, die Situation im Kühlschrank so zu hinterlassen, wie sie vorher gewesen war. Nur den Abfall beseitigte ich. Dass nie etwas bemerkt wurde, war der Beweis dafür, dass in diesem Haushalt nichts unter Kontrolle war.

An den Wochenenden wurde ich zur Arbeit herangezogen. Diese hatte meist das Ziel, den „Garten" zu kultivieren. Hoffnungslos! Meistens mußte ich Unkraut jäten oder den Müll zusammenkehren und in die entsprechende Tonne werfen. Am meisten Unkraut wuchs dort, wo das Abwasser der Waschmaschine aus der Steinhütte nach außen geleitet wurde. In der Hoffnung, die Bodenqualität zu verbessern, hatte Mrs. Ginbaugh sich eine Lastwagenladung fruchtbarer Gartenerde vor dem Trailer abladen lassen. Meine Aufgabe bestand nun darin, eine Hälfte des Berges mit einer kleinen Schubkarre durch den sandigen Boden hinter den Trailer zu schaffen, wo die Erde dann gleichmäßig verteilt werden musste. Wie erwartet, war das alles nicht nur anstrengend in der Hitze, sondern auch sinnlos. Als ich nach einigen Wochen damit fertig war, diente der Hinterhof immer noch als Abladeplatz für Müll und Seifenwasser.

Anstatt diese törichten Gartenarbeiten zu verrichten, überlegte ich mir andere Beschäftigungen für die Wochenenden. Wenn mich Mrs. Ginbaugh mit einem Schulbuch oder beim Briefeschreiben ertappte, so konnte ich fortfahren, denn das waren – ihrer Meinung nach – Notwendigkeiten. So schrieb ich in dem Jahr nicht nur regelmäßig an 42 Adressen in Deutschland, sondern bekam auch einen guten Einblick in Amerikas Geschichte und Literatur. Da ich mich zum Lesen meist auf mein Bett setzte, kam es hin und wieder mal vor, dass ich dabei einschief. Natürlich kam Madame dann gleich herbeigelaufen und schimpfte:

„Lazy ass! Go and pull some weeds!"

Das hätte sie doch auch netter sagen können, oder? Sie selbst rastete scheinbar nie, also durften auch alle anderen nicht faulenzen. Am liebsten hätte ich geantwortet:

„Auf deiner Müllhalde wächst ja doch nichts Gescheites!"

Überhaupt war sie immer sehr unwirsch. Auch, wenn sie Tony und mich am

Wochenende weckte. Zuerst drehte sie die Stereoanlage in unserem Zimmer so laut wie möglich auf und rief dann mürrisch:

„Get your asses out of bed!"

Man beachte die vulgäre Ausdrucksweise! Sehr zärtlich, wirklich. Beschwerden hatten keinen Zweck. Erst wurde man so lange von ihr angeschrien, bis sie einen roten Kopf bekam, dann rechnete sie auf, wie schlecht man war – und das wirkte sich nicht gut auf die Menge der Mahlzeiten aus.

Dass ich mit den Ginbaughs nicht so gut klarkommen würde, wusste ich eigentlich schon ganz früh. Natürlich kenne ich auch meine Fehler. Da aber bei mir zu Hause jedes Familienmitglied gleich viel wert ist, und mein Vater nicht den Boss herauskehrt, dauerte es einige Zeit, bis ich mich an die Alphatier-Funktion von Mr. Ginbaugh gewöhnt hatte. Wahrscheinlich brauchte ich dafür zu lange! Kann schon sein, dass er mich mal in seinem Fernsehsessel erwischt und sich sofort als Familienoberhaupt mißachtet gefühlt hatte. Er sprach mit mir einmal darüber in einem ernsten Gespräch. Auch habe ich wohl einmal unvorsichtig etwas über den hygienischen Zustand von Haus und Garten verlauten lassen. Die Ginbaughs warfen mir ebenfalls vor, dass ich keinen näheren Kontakt zu ihnen gesucht, sondern mich immer früh ins Bett verzogen oder Briefe geschrieben hätte. Das möchte ich nicht bestreiten. Wenn ich nicht akzeptiert, oder nur für sinnlose Arbeiten herangezogen wurde, schaffte ich mir halt Rückzugsmöglichkeiten. In dieser Hinsicht konnte ich auch ein ganz schöner Dickschädel sein. Aber mein Tag war lang, er dauerte für mich von morgens halb sieben bis abends um neun, wenn die Marchingbandprobe zu Ende war. Das erforderte reichlich Konzentration. Natürlich war ich dann froh, wenn ich abends meine Ruhe hatte.

Trotzdem habe ich häufig versucht, Kontakt zu meiner Gastfamilie herzustellen, und ihnen zum Beispiel von Deutschlandund von meiner Familie erzählt. Aber immer wieder hatte ich das Gefühl, auf ein totales Desinteresse zu stoßen. Mr. Ginbaugh guckte weiter in den Fernseher, die Kinder redeten immer dazwischen und Mrs. Ginbaugh nannte mich aufgrund meiner Berichte ein verzogenes Kind und versuchte ständig mit Anflügen von Patriotismus, meine Heimat schlechtzureden und Amerika zu verherrlichen. Dabei war sie – wie ich später erfuhr – gebürtige Engländerin. Ihr Elternhaus wurde bei einem deutschen Bombenangriff im Krieg zerstört. Ich zog daraus meine Schlüsse über Mrs. Ginbaughs Verhalten mir gegenüber. Die Frage war nur: Warum hatte sie mich überhaupt bei sich aufgenommen? Sie wußte doch aus den YFU-Papieren, daß ich Deutscher war. Auf diese Frage fand sich bald eine Antwort.

Zum einen bekamen Gastfamilien Geld für die Aufnahme eines Jugendlichen. Und zum anderen: Zwei Jahre vor meiner Ankunft hatte die Familie schon einmal einen Austauschschüler. Er kam aus Finnland und hieß Aanti. Nach den Berichten der Ginbaughs und den Fotos zu urteilen, war er das typische Beispiel eines Strebers. Da er wohl große Schwierigkeiten mit der englischen Sprache gehabt hat, soll er Abend für Abend zu Hause gesessen und gepaukt haben.

Somit brachte er auch ganz gute Zeugnisse mit – jedenfalls waren sie offensichtlich besser, als meine! Das gefiel den Ginbaughs natürlich. Ihren Erzählungen zufolge fügte er sich in alles. Ich konnte es ja nicht überprüfen! Offensichtlich glaubten sie aber, alle Austauschschüler seien wie Aanti. In meinen Bewerbungspapieren stand, dass ich gern nach Florida, in die Nähe des Kennedy Space Centers, wollte. Die Gebietsbetreuerin von YFU, Mrs. Blackwise, suchte verzweifelt und sehr kurzfristig nach einer Gastfamilie für mich und fand sie in letzter Minute bei den Ginbaughs. Deren Motiv soll es dann gewesen sein, mir die Möglichkeit zu geben, eine der besten Schulen Floridas besuchen zu können. Letzteres kann ich dankbar bestätigen. Dass aber die Gastfamilie ein übereilter Fehlgriff war, war nicht von der Hand zu weisen.

Nun möchte ich aber wie angekündigt zu den netten Menschen kommen. Da war zum Beispiel Tricia, mein erstes „Date". Sie spielte in der Band Klarinette; ich lernte sie auf einer Party, auf der ich mich sehr angeregt mit ihr unterhielt, näher kennen. Eines Tages wollte es der Zufall, dass Tricia auf der Fahrt zu einem Auswärtsspiel im Bus neben mir saß. Auf der Rückfahrt wurde es sehr spät und sie schlummerte die ganze Zeit in meinem Arm. Als „Date" bezeichnet man das Mädchen oder den Jungen, mit der oder mit dem man sich trifft, um abends auszugehen (kommt von to date: verabreden).

Ich fragte sie also, ob sie Lust hätte, am Samstag mit mir ins Kino zu gehen. Etwas Besseres fiel mir in diesem Moment nicht ein. Ich war wahrscheinlich viel zu aufgeregt. Tricia willigte ein und schlug den Film „Xanadu" mit Olivia Newton-John und dem Electric Light Orchestra vor. Ich habe nun nicht die Absicht, eine gähnende Liebesgeschichte zu erzählen. Da dieses Treffen für mich ziemlich peinlich endete, habe ich mich zunächst gefragt, ob ich davon überhaupt berichten soll. Da aber vielleicht künftige Austauschschüler meine Story lesen und während ihres Aufenthaltes in Amerika mit dem „Dating" in Berührung kommen, möchte ich den Vorfall doch erzählen.

Tricia war zwei Jahre älter als ich. Sie war hübsch, strebsam und die Maße stimmten. Ferner schien sie schon sehr erfahren im Gegensatz zu mir. Ich war damals Sechzehn und hatte wohl sehnsüchtig nach einer Beziehung gestrebt, jedoch noch nie eine feste Freundin gehabt. Dementsprechend fehlte mir noch etwas der Durchblick. Es hatte mich bereits wahnsinnige Überwindung gekostet, bis ich es im Bus fertigbrachte, meinen Arm um sie zu legen. Nur die Tatsache, dass sie sich nicht wehrte, ließ mich den weiteren Schritt tun: sie für den Samstagabend einzuladen. Die Probleme begannen natürlich wieder bei Mrs. Ginbaugh.

„I don't know that girl", sagte sie barsch und erzählte mir, dass Aanti bei einem Date in einen Verkehrsunfall verwickelt wurde und sich dabei böse Schnittwunden im Gesicht zuzog. Länger als eine halbe Stunde redete sie davon, und von den Narben auf seinem glatten Gesichtchen, fast in Tränen ausbrechend. Ich fragte mich, warum sie mir das so ausführlich erzählte. Sie war doch nicht etwa besorgt um mich? Mich, den sie als deutschen, verzogenen

Arsch beschimpfte? Oder tat sie es nur aus Mitleid mit Aanti? Sie ahnte anscheinend nichts von den Autorennen, die Tony samstags veranstaltete, und hinten im Van gab es nichtmal Sicherheitsgurte! Oder brauchte sie mich am Samstag zum Unkrautrupfen? Ich wurde langsam wütend. Eine heftige Diskussion begann. Ich erzählte ihr von Tricia und versuchte, sie in ein äußerst positives Licht zu rücken. Auch ihren Wagen erwähnte ich, der die Ausmaße von Mr. Ginbaughs Achtzylinder-Station-Wagon hatte. Aantis Unfall hatte sich in einem VW-Käfer mit deutlich weniger Knautschzone ereignet. Schließlich wurde Mrs. Blackwise, die Vertreterin aller Austauschschüler an der Cocoa High School, eingeschaltet, die das geplante date rettete.

Der Samstag verlief ausnahmsweise ruhig. Morgens fuhr ich mit der Familie in die Stadt. Nachmittags schrieb ich Briefe, duschte, rasierte und beduftete mich. Um sieben Uhr wurde ich dann von Tricia abgeholt. Sie sah blendend aus!

Im Vorraum des Kinocenters waren noch andere Leute aus der Band. Sie grüßten uns auffallend freundlich. Mir wurde schnell klar, dass Tricia eine Art Prestige für mich darstellte. Durch sie konnten meine Bandfreunde Rückschlüsse über meine Vorlieben in Bezug auf Frauen ziehen. Wow! Matt is dating Tricia! Umgekehrt konnte man Tricia Weltoffenheit und exotischen Geschmack nachsagen. Obwohl an diesem Abend nur wenige im Kino waren, wusste am darauffolgenden Montagmorgen fast jeder in der Schule, mit wem ich am Samstagabend unterwegs gewesen war. Es hatte sich wie ein Lauffeuer verbreitet.

Nach dem Kinobesuch statteten wir einer weniger bekannten Burgerbude in Cocoa einen Besuch ab, denn es war noch früh am Abend. Ich wollte gern einmal Cocoa-Village besuchen, ein Ort, den man bei uns wohl als Altstadt oder Innenstadt bezeichnen würde, sofern Cocoa überhaupt die Struktur einer Stadt im europäischen Sinne hatte. Es war schon Ende Oktober und ich hatte in dem Vierteljahr, in dem ich in den USA war, noch nicht das Zentrum von Cocoa gesehen, obwohl ich im Randbezirk dieses Städchens wohnte. Wir schlenderten zunächst Arm in Arm durch die fast menschenleere Fußgängerzone, deren Häuser mit den Geschäften im Baustil teils an die Reihenhäuser im mittleren Westen, teils an kleine mexikanische Haciendas erinnerte. Die ganze Zeit redeten wir über die Leute, die wir aus der Schule kannten. Ich sollte ihr von Deutschland erzählen, auch ein paar Sätze Deutsch, dann noch etwas Französisch sprechen. Schließlich standen wir am Indian River, auf den ein mattes Mondlicht fiel. Er schien wirklich! Und ist kein schmückendes Beiwerk einer romantischen Schilderung. Links von uns schwang sich in elegantem Bogen eine Brücke von Cocoa nach Merritt Island. Viele kleine Lichter, die sich im Fluss spiegelten, hoben sich von dem Dunkel der Insel ab, und am Anleger tanzten zahlreiche Boote im Wasser. Es war wirklich sehr stimmungsvoll. Unser Gespräch ebbte langsam ab. Sie fragte, ob ich den kleinen Park, bei dem sie das Auto geparkt hatte, schon gesehen hätte. Wir gingen dorthin und setzten uns auf eine Steinbank unter eine Palme. Schweigen.

„Do you wanna kiss?" fragte sie plötzlich.

Eigentlich hatte ich mir diese Frage immer von einem Mädchen gewünscht, aber in diesem Moment fühlte ich doch ein leichtes Unbehagen. Ich murmelte etwas von wenig Erfahrung, tat es dann aber doch. Ich glaube, ich war in diesem schönen Augenblick ziemlich verliebt und brachte das danach auch gleich wörtlich zum Ausdruck:

"I love you", sagte ich.

Gar nicht gut, Matt! So etwas sagt man nicht zu einem Date, höchstens zu jemandem, den man im Begriff ist zu heiraten! In Amerika jedenfalls ist das so. Ich dachte mir im ersten Moment nichts dabei. Ich hörte es doch jeden Tag im Fernsehen und in der Umgangssprache. I love this, I love that! Ich weiß nicht recht, wie ich Tricias Reaktion beschreiben sol. Empört sagte sie:

„Don't say that, Matt!"

Ziemlich bald danach brachte sie mich nach Hause. Ich war noch viel zu durcheinander, um zu kapieren, was eigentlich los war. Das stellte sich dann aber am Montag heraus, als Tricia mich beiseite nahm und mir etwas errötend verkündete, ihr Freund käme aus New York zurück und sie könne somit nichtmeine Partnerin beim Homecoming Dance sein, wozu ich sie eingeladen hatte. Das war ein ganz schöner Schlag für mich, und ich sagte in Amerika nie wieder „I love you".

Zum Homecoming Dance in der Cafeteria der Cocoa Highschool ging ich trotzdem. Meine ganzen Freunde waren schließlich auch da. Tricia erschien ebenfalls, mit einem Streber-Typen aus der Schule, den ich vom Sehen kannte. Ich hatte von vornherein das Gefühl, dass der liebe Freund aus New York erfunden war. So sammelt man Erfahrungen! Doch ich war nicht der Einzige, der einsam war. Als ich nachdenklich zwischen den Schulgebäuden herumlief, lernte ich Bob kennen, einen jungen Mann, der auf einer Mauer hockte und traurig in den Sternenhimmel blickte. Er war mit einem Mädchen gekommen und zuvor mit ihr teuer essen gewesen. Sie hatte beim Tanzen einen anderen kennengelernt, der ebenfalls allein auf der Party erschienen war, und war mit diesem durchgebrannt. Ich erzählte Bob mein Problem. Wir unterhielten uns länger als eine Stunde über Mädchen und Politik. Reden ist eben die beste Medizin bei Liebeskummer. Dann lud ich ihn zu einem Drink ein, und er schien einigermaßen kuriert.

Shirley und Dawn aus der Band erschienen und wollten mit mir tanzen. Ich wusste, dass etwas dahintersteckte, denn ich hatte mir in Amerika seltsame Tanzbewegungen angewöhnt. Abgeguckt hatte ich sie von den Schwarzen an unserer Schule, die ja ein fast unnachahmliches Rhythmusgefühl haben und in der Musik die Meister des Disco-Funk sind. Sie brachten oft Kassettenrecorder mit, um ihre Musik zu hören, und oft begannen sie ganz spontan danach zu tanzen. Ich tanzte einfach mal mit und sie versicherten mehrmals aufrichtig, ich sei ziemlich cool! Da ich meine Verrenkungen von nun an auch nach dem Schlagzeugrhythmus auf der Bandbühne praktizierte, hatte ich schnell den Namen

„Disco Matt" weg. Nicht, dass ich im Mittelpunkt stehen wollte, oh nein! Ich hatte Spaß daran und ging beim Homecoming Dance nicht nur mit Shirley und Dawn auf die Tanzfläche, um mein Gemisch von John Travolta und Paulchen Panther zu demonstrieren. Trotz allem Liebesschmerz; meine Freunde und ich hatten viel Spaß an diesem Abend.

Mitte November, nach dem Marchingcontest, verkündete Mr. East, dass die Band im kommenden April eine Fahrt nach Washington D.C. unternehmen werde, wofür Geld zu organisieren sei. Es solle eine pure Vergnügungsreise von pädagogischem Wert werden. Ferner war ein Konzert auf den Stufen des Kapitols geplant – eine besondere Ehre für eine Marching Band. Das Vergnügen sollte 260 Dollar pro Person kosten. Viele konnten aufgrund fehlender Mittel die Reise nicht antreten. Der Rest, immerhin noch zirka achtzig Schüler, musste durch vielerlei „Fund-raising-projects" (Geldbeschaffungsaktionen) die Summe verringern.

Das ging wiefolgt vor sich: Zuerst wurde an einer Tankstelle, an der es keine Autowaschanlage gab, ein großer "Car Wash" veranstaltet. Für je 75 Cent galt es, pro Tag so viele Autos zu waschen wie möglich.

An einer großen Kreuzung standen unsere hübschen Bandmädchen im orangen T-Shirt mit großen Plakaten und warben kreischend um Kundschaft.

„Send the Cocoa Tigers to Washington D.C.", hieß die Parole.

Mehr als hundert Autobesitzer vertrauten uns an diesem Tag ihre Karossen an, entsprechend hoch waren die Einnahmen. Diese wurden all denen zugerechnet, die an der Aktion beteiligt waren.

Als nächstes ging es auf den Flohmarkt. Mr. Justin, der Vater meines Freundes Steve, besaß dort eine kleine Bude, in der er T-Shirtsmit allen möglichen Symbolen bedruckte und verkaufte. Davor durften die Cocoa Tigers einen Stand errichten. In der ganzen Band wurden alte Klamotten sowie Krempel aus

Haus und Garten zusammengetragen und zum Verkauf angeboten. Auch Mrs. Ginbaugh spendete einen Erlös für die Bandkasse. Die flotten Bandmädels liefen mit großen Glasgefäßen herum und baten juchzend um Spenden. Die Band selbst gab öfters ein Ständchen. Parallel dazu wurden Kerzen verkauft. Dazu musste man von Haus zu Haus laufen und den Leuten diese Dinger andrehen. Es handelte sich um Kerzen in buntbemalten Glasgefäßen – mit oder ohne Ständer. Wenn sie brannten, hatte man eine gemütlich flackernde Lichtquelle, die nach Zimt duftete. Ich fand sie gar nicht so schlecht.

Aber auf diese Weise bekam ich einen Einblick, wie schwer es Vertreter haben müssen, ihre Waren an den Mann, bzw. die Frau zu bringen. Das Wohngebiet, in dem wir lebten, war ohnehin klein. Es wohnten aber noch andere Bandmitglieder in der Gegend und Tony warnte mich, ihm seine Kunden wegzuschnappen, bei denen er allwöchentlich den Rasen mähte. Er nahm es mir schon übel, dass ich dem alten Ehepaar Burger eine Kerze verkauft hatte. Ich war ein schlechter

Geschäftsmann. Ich verkaufte lediglich sechs Kerzen, von denen ich eine selbst erstand. Die fünfzig Prozent Gewinn gingen wieder auf mein Bandkonto. Ich verbrachte während dieser Zeit viele Wochenenden auf dem Flohmarkt. So musste ich kein Unkraut zu rupfen und war bei meinem Freund Steve, der seinem Daddy in der T-Shirt-Bude half.

Die Justins waren ausgesprochen nette Leute. Er war ein kleiner, grauhaariger Mann mit Schnurrbart und einem gewissen Mutterwitz. Sie war eine große, stets um Steve besorgte, ruhige Frau, die mit allen Leuten gut zurecht kam. Wo die Justins sich aufhielten, waren auch die Thomsens und Byrns nicht weit. Diese drei Familien hatten einen Teil ihres Nachwuchses in unserer Band und gehörten alle der gleichen Kirchengemeinde an, einer Baptistenkirche in Merritt Island.

An einem Freitag fragte fragte mich Steve, ob ich nicht Lust hätte, mit seiner Familie das Wochenende zu verbringen. Ich war natürlich Feuer und Flamme. Mrs. Justin gelang es sogar Mudder Ginbaugh zu überreden. Die

Justins wohnten außerhalb von Cocoa in einem ausgedehnten Waldgebiet, das nur äußerst gering besiedelt war. Dort besaßen sie ein großes, modernes Holzhaus, welches während ihrer Abwesenheit von einem Setter und einem deutschen Schäferhund bewacht wurde. Steve machte mich mit den Tieren vertraut und führte mich über das Grundstück, während Mrs. Justin das Essen zubereitete und ihr Mann im Kamin ein Feuer entfachte. Steve zeigte mir sein Motorrad und seinen Sportwagen, ein altes Camaro-Modell, das er aber noch nicht fahren durfte, da er noch keine Sechzehn war. Er stellte mir die Hühner und das Pferd vor, eine graue Schimmelstute. Man hörte nur das Rauschen des Waldes, einige Vögel und das Zirpen der Grillen. Kein Zeichen von menschlicher Zivilisation weit und breit. Keine befestigte Straße führte in diese Einöde, geschweige denn durch sie hindurch.

Das Abendessen war reichhaltig und schmackhaft. Es gab eine Art Knödel mit saftigem Fleisch und hausgemachtem Gemüseragout. Man freute sich über meinen Appetit, anstatt sich darüber zu ärgern, und ich langte nach bescheidener Anfrage auch mehrmals zu. Dieses Essen übertraf alle vorangegangenen Dinner meiner Gastfamilie und der High-School-Cafeteria zusammen!

Anschließend fuhren wir zur Baptistenkirche nach Merritt Island, wo wir auch die Byrns und die Thomsens antrafen. So kam ich zu meinem ersten Gottesdienstbesuch in Amerika. Die mit einfachen Holzbänken ausgestattete Kirche war klein und einfach; sie war innen und außen weiß getüncht. Nur ein kleiner Holzturm mit einer manuell zu betätigenden Glocke ermöglichte es dem Betrachter zu erkennen, dass er vor einer Kirche stand. Links vom Altar befand sich eine kleine Orgel, rechts davon ein Klavier und hinter dem Altar stand leicht erhöht Taufbecken, wie auf einer Bühne mit Vorhängen. Das Wort „Baptist" kommt aus dem Griechischen und heißt „Täufer". Baptisten sind Angehörige der größten protestantischen Freikirche, die sich zur Erwachsenentaufe bekennt, wobei der Pastor den Täufling in dem Becken für wenige Sekunden untertauchen muss. Der Gottesdienst war sehr locker, mit

Händeschütteln, Lachen und Applaus. Mrs. Justin spielte Orgel. Sie hatte die kirchlichen Klänge ebenso drauf wie lustige Stücke. Danach saß man gemütlich beisammen im Gesellschaftsraum. Dort wurde ich willkommen geheißen und durfte mich ins Buch für Ehrengäste eintragen. Auch wurde ich zum Weihnachtsfest der Gemeinde eingeladen. Bis dahin sollte sich aber noch einiges ereignen.

Weihnachten lag in der Luft. Für Amerika bedeutet das: ab Ende Oktober wird geschmückt! Die Straßen und Geschäfte wurden dekoriert und der große Reibach mit dem Weihnachtsgeschäft konnte beginnen. Der Schmuck war nicht gerade schön zu nennen: Weihnachtsbäume aus glänzendem Plastik in allen Farben. Grün, rot, gelb, orange, gold, ja sogar silber und blau standen die Dinger auf Dächern, Plätzen, Vorgärten; sie hingen an Laternen und Telefonmasten, manchmal verziert mit bunten Lämpchen. Leider waren sie nicht wetterfest. Wenn es regnete, färbten die Prachtstücke ab und hinterließen dicke Flecken ihres jeweiligen Farbtons auf dem Pflaster. Die wenigen echten

Weihnachtsbäume, die ich sah, machten einen recht kümmerlichen Eindruck. Vielleicht war es ihnen zu warm in Florida. Und dann liefen überall deklamierende Weihnachtsmänner herum: „Ho, ho, ho! Merry Christmas!" So viele Weihnachtsmänner auf einmal hatte ich in meinem ganzen Leben noch nicht gesehen.

Auch bei den Ginbaughs begann man, „Atmosphäre" zu schaffen. Der Plastikbaum, der den Rest des Jahres in einem Pappkarton im Kleiderschrank von Vater und Mutter zubrachte, wurde zusammengesteckt. Dann kamen etliche bunte Lichter dran. Es folgten ebenso bunte Glaskugeln und Plastikfiguren aus Disney-World sowie ein Rest Lametta vom Vorjahr. Zum Schluss wurde das Ganze mit einem stinkenden Schneespray aus der Dose übersprüht, als Finish sozusagen. Die ganze Familie war happy über das Gebilde im Vorzeigezimmer. Selbst ich muss zugeben, dass ich, obwohl ich nichts von Kitsch hielt, ihn letztendlich doch ganz ansehnlich fand.

Irgendwie passte die Weihnachtszeit nicht so ganz zu meiner Stimmung. Der Klimawechsel fand nicht statt, es wehte kein frischer Herbstwind, nichts färbte sich in der Pflanzenwelt goldgelb. Auch die Herbststürme und der erste Schnee blieben aus. Stattdessen war es jeden Tag heiß, es gab fast täglich ein Gewitter und die Orangen reiften an den Bäumen. Nur die Nächte wurden etwas kühler und es gab einige Regentage mehr – ansonsten Hitze, Hitze, Hitze. Vor Antritt meines Amerikajahres hatte eine Bekannte aus dem Süden über den fehlenden Wechsel der Jahreszeiten geklagt. Ich hatte es kaum für möglich gehalten, dass es mir einmal genau so ergehen und ich mich ebenfalls danach sehnen würde.

Der andere Grund, weshalb mir die Weihnachtszeit ungelegen kam, war die Tatsache, dass ich praktisch kein Geld mehr hatte. Die 200 Dollar, die ich im Sommer mitgebracht hatte, waren größtenteils in zusätzliche Nahrung umgesetzt. Da ich in meiner Gastfamilie meistens nicht satt wurde, musste ich mich zusätzlich versorgen, am häufigsten in der High School Cafeteria bei meinen schwarzen Freundinnen. Ferner hatte ich dafür zu sorgen, dass meine Marchinguniform stets tadellos war und in die Reinigung kam. Ich musste kleine Präsente für die Gastgeber der zahlreichen Parties besorgen, bei denen ich eingeladen war, brauchte Geld für Getränke, wenn wir nach den Footballgames etwas unternahmen, und musste die Luftpost meiner zahlreichen Korrespondenzen nach Deutschland finanzieren. Dafür war ich eigentlich ziemlich lange mit den 200 Dollar ausgekommen. Nun wollte ich aber Weihnachtsgeschenke kaufen. Doch wovon? Ich hatte gerade noch einmal drei Dollar und durfte als Austauschschüler keinen Job annehmen. Meinen Eltern hatte ich natürlich von der Finanzkrise berichtet und lange Zeit rührte sich nichts, bis ungefähr eine Woche vor Heiligabend ein Scheck über 150 Dollar ins Haus flatterte. Mrs. Ginbaugh rümpfte die Nase, als ich ihr davon erzählte und sie bat, mit mir eine Bank aufzusuchen, um das wertvolle Papierchen in Bargeld einzutauschen.

Als Tony dann zufällig einmal wieder den Van bekam, nutzte ich endlich die

Gelegenheit, verschiedene Banken in Cocoa anzusteuern. Aber keine wollte den Scheck einlösen. Es war bereits drei Tage vor Heiligabend und auch meine drei Dollar waren inzwischen verbraucht. Ich wusste von Tony, dass auch ich einige Geschenke bekommen sollte und wollte natürlich nicht ohne dergleichen dastehen. Allein der Gedanke daran war mir schon peinlich, und ich hoffte sehr, letztendlich doch noch irgendwie zu meinem Geld zu kommen. In meiner Verzweiflung rief ich heimlich die Justins an und berichtete ihnen von meinem Problem. Mr. Justin war am Apparat und versprach mir, dass er mit mir zu einer großen Bank in Cocoa Village fahren würde, falls die Ginbaughs am nächsten Tag noch immer nicht aktiv werden sollten. Vielleicht war es eine Taktik von Mrs. Ginbaugh, mich ein Weilchen auf die Folter zu spannen. Im letzten Moment fuhr sie mit mir zu einem deutlich größeren Bankhaus – es gab Cash und ich konnte endlich mit meinen Weihnachtseinkäufen beginnen.

In der Stadt traf ich Mrs. Hill, die ich bereits von früheren Begegnungen her kannte. Sie war gebürtige Deutsche, mit einem Amerikaner verheiratet und hatte eine Tochter in der Band. Mrs. Hill gehörte unter anderen zu den Leuten, die zu sagen pflegten:

„Bei den Ginbaughs würde ich es keine Woche aushalten!"

Sie schlug vor, am Heilig abend zu ihr zu kommen, um in ihrer Familie ein echtes, deutsches Weihnachtsfest zu feiern. Im ersten Augenblick war ich natürlich begeistert, dann kam mir aber wieder der Sinn und Zweck des Schüleraustausches in den Sinn. Ich sollte ja schließlich an der amerikanischen Kultur teilhaben! Wie würden überhaupt die Ginbaughs darüber denken? Wahrscheinlich würden sie sehr enttäuscht sein und annehmen, ich hielte nichts von ihrem Familienidyll, was ja nicht stimmte. Und sicher hätte dies die Kluft, die zwischen ihnen und mir ohnehin schon bestand, nur noch vertieft. Deutsche Weihnachten konnte ich noch mein ganzes Leben genießen. Obwohl ich wusste, dass mich Heiligabend wahrscheinlich das

Heimweh quälen würde, lehnte ich Mrs. Hills Einladung dankend ab.

Am nächsten Morgen fuhr ich mit Tony, der ebenfalls noch verschiedene Einkäufe zu erledigen hatte, nochmals in die Stadt. Für Mr. Ginbaugh kaufte ich ein Paar Socken und ein großes Glas Erdnüsse der Sorte, die er besonders gern mochte. Für Tony, dessen bevorzugtes Hobby die Fotografie war, besorgte ich einen Gutschein, mit dem er im Wert von zehn Dollar in Cocoas größtem Fotogeschäft einkaufen konnte. C.J. bedachte ich mit einem Satz Spielzeugautos und Dana mit einem Basketball. Steve, Tonys ältester Bruder, wurde am ersten Weihnachtstag zum Essen erwartet, zusammen mit seiner Frau. Also kaufte ich für sie noch ein Fläschchen Parfüm und für ihn einen großen Aufkleber für seinen Rennwagen. Das größte Geschenkproblem stellte für mich Mrs. Ginbaugh dar. Für sie erstand ich schließlich eine Art Nummernschild für den Van, auf dem eine lustige Bemerkung über laute Musik im Fahrzeug stand, dargestellt mit einer Comicfigur. Die Autokennzeichen waren in

Amerika immer am Heck, sodass man vorn Spaßschilder anbringen konnte. Dazu kaufte ich zwei Single-Schallplatten mit ihren Disco-Lieblingstiteln. Wenn Mrs. Ginbaugh bestimmte Titel im Radio hörte, drehte sie es mit enem lauten Juchzer auf und sang dazu, völlig verkehrt zwar, aber laut.

„Klassik kann ich noch hören, wenn ich im Grab liege", war einer ihrer Standardsprüche.

All diese Geschenke wickelte ich in farbiges Zeitungspapier ein; dann wurden sie wie alle anderen unter den Plastikweihnachtsbaum gelegt.

Die Winterferien hatten in Amerika begonnen. In Cocoa war es ausnahmsweise kalt und es regnete in Strömen. Ich war ganz zufrieden. Die Geschenke waren besorgt, die Weihnachtspost nach Deutschland abgeschickt, das Tagebuch auf dem neuesten Stand und bei den Ginbaughs herrschte Frieden. Am 24. Dezember rechnete ich anfangs ständig sechs Stunden im voraus und dachte daran, wie es jetzt wohl zu Hause aussehen würde. Dann aber verbrachte ich ein paar gemütliche Stunden mit Tony, sodass darüber die Zeit verging und das große Heimweh ausblieb. Die Geschenke gab es – wie in Amerika und auch in England üblich – erst am nächsten Morgen, also am ersten Weihnachtstag, da der Weihnachtsmann bekanntlich zunächst nachts durch den Kamin einsteigen muss. Wie macht er das bei einem Trailer, der keinen Kamin hat? Die beiden Kleinen warfen schon um sechs Uhr früh die ganze Familie aus den Betten und Tony kroch unter den Weihnachtsbaum und verteilte die „Presents". Ich bekam vorwiegend praktische Dinge: zwei T-Shirts, zwei Hemden, (eins davon von den Byrns), eine neue Jeans, eine Sporttasche im Tiger Spirit (von Tony), ein Portemonnaie und Unterlagen vom Kennedy Space Center. Aus Deutschland erhielt ich noch einen neuen Füllfederhalter, ein spannendes Buch und echte Nürnberger Lebkuchen, von denen ich eine Packung zu den Burgers bringen sollte.

Als Festessen gab es einen Puter („Turkey"). Da der älteste Sohn Steve und die Schwiegertochter zu Besuch gekommen waren, durfte ich bei der Mahlzeit kräftig zulangen. Dafür hatte ich anschließend Küchendienst. Abends saßen wir zusammen und sahen fern: Gemütlichkeit made in America!

Die beiden folgenden Tage durfte ich mit den Justins verbringen. Wir gingen zunächst in ein schickes Fischrestaurant und fuhren anschließend zum Weihnachtsgottesdienst in die Baptistenkirche. Mit Mr. Justin und Steve trug ich „Silent Night" mehrstimmig vor. Eine Strophe von „Stille Nacht" sang ich solo in Deutsch. Den Text dazu hatte ich mir von Mrs. Hill ausgeliehen. Mrs. Byrn brach dabei prompt in Tränen aus. Sie sagte mir hinterher, dass alles sowieso schon rührend genug war, aber als ich dann auch noch in meiner Muttersprache sang, das hätte ihr daeinfach den Rest gegeben, wo ich doch so weit weg von daheim war. Ich wusste gar nicht, wie ich reagieren sollte, war dann aber froh, dass sie nicht weinte, weil ich falsch gesungen hatte. Schließlich war ich doch Trompeter!

Die anschließende Weihnachtsfeier dauerte bis spät abends und bei Familie Justin plauderte ich mit Steve noch bis tief in die Nacht hinein. Eines werde ich nie vergessen: Als wir über die Mädels in der Band sprachen, schaute er mich fest an mit seinen braunen Augen und redete mir ernsthaft ins Gewissen:

„Matt, never aigain say "I love you" to a date...!"

Am nächsten Tag gab es noch eine Feier bei den Byrns gemeinsam mit den Thomsens und den Justins. Und selbst die Tage bei den Ginbaughs verliefen bis zum Jahreswechsel gemütlich. Draußen regnete es, also war Unkrautrupfen sowieso nicht drin. Mr. Ginbaugh genoss seinen Urlaub, Dana und CJ spielten mit ihren neuen Sachen und Mrs. Ginbaugh hatte Zeit für sie. Silvesterabend waren wir bei einem griechischen YFU-Austauschschüler eingeladen. Er wohnte – wie fast alle anderen exchange students – in einer großen Villa mit Swimmingpool.

Am Silvesterabend nach dem Rutsch ins Jahr 1981 unterhielt ich mich noch lange mit Mr.

und Mrs. Ginbaugh. Es war das einzige Mal, das wir ein solches Gespräch führten. Wir redeten über unsere Vergangenheit und die Zukunftsaussichten, freundlich und sachlich, ohne dass der eine dem anderen ins Wort fiel oder sich beide gegenseitig schlecht machten.

Band Trips und Hoffnungen

Kurz nach Neujahr besserte sich das Wetter, und ich wurde wieder zur Gartenarbeit herangezogen. Das Gespräch von Silvester war wie weggeblasen. Trotz der Weihnachtsferien verkaufte die Band weiter Sachen auf dem Flohmarkt. Der Erlös brachte leider nicht mehr viel ein.

Einmal kaufte mir Steve eine Pepperoni-Pizza. Die Pizza selbst vertrug ich gut, nur die Pepperoni nicht. Nach dem Abendessen bei den Ginbaughs musste ich mich schließlich übergeben.

Am nächsten Morgen, als ich mein Frühstück mit äußerster Vorsicht genoß und Mrs. Ginbaugh sich darüber wunderte, erzählte ich ihr, dass mir am Vorabend sehr übel war. Es war echt der Hammer, dass sie mir das nicht glauben wollte. Sie meinte lediglich:

„Beim Kotzen stöhnt und würgt man doch, und das hätte ich gehört."

Angesichts dessen erschien es mir wenig sinnvoll, noch weitere Worte darüber zu verlieren.

Der nächste Krach ergab sich gleich am Ende des ersten Schulsemesters. Natürlich war Mudder Ginbaugh wieder nicht mit meinen Noten einverstanden. Sie war von Aanti bessere Zeugnisse gewohnt. In Amerika gibt es alle sechs Wochen Zeugnisse, und meine beiden vorherigen fielen in etwa so aus wie meine deutschen: Durchschnittsnote „Drei".

In den amerikanischen Schulen wird mit A, B, C, D und F benotet. F bedeutet „failed", Ziel verfehlt. Bei mir war im Laufe des Jahres jede Note auf dem Zeugnis vertreten. Die Band war fast immer mit A benotet, American Literature mit C, die anderen Fächer schwankten zwischen B und F. Tony's Zeugnisse (er hatte nur Spaßfächer wie Fotografie und Speech!) wiesen fast nur A auf. Daher forderte man das Gleiche von mir. Ich wusste wohl, dass man das erwarten konnte, denn das Niveau der amerikanischen Schulen liegt deutlich unter dem der deutschen. Das College entspricht etwa dem Leistungsstand der Oberstufe. Ich hatte jedoch diesbezüglich schon immer ein ziemlich dickes Fell. Da ein C für den Highschool-Abschluss durchaus genügte, und diese Noten für meine Zukunft keine Bedeutung haben würden, zog ich den Spaß vor und sorgte zum Missfallen von Mrs. Ginbaugh für Vielfalt auf meinen „Report cards".

Meine Area-Representative, Mrs. Blackwise, unterrichtete Sport an der Cocoa High School. Völlig überraschend hatten meine Eltern zu Weihnachten Post von ihr erhalten. Merkwürdigerweise waren sie die einzigen Eltern von Austauschschülern in der Umgebung, die von Mrs. Blackwise angeschrieben wurden. Schriftlich berichteten mir meine Eltern von der Freundlichkeit ihrer Worte, und dass die ihnen angeboten hatte, bei ihr zu wohnen, falls meine Familie einmal nach Florida käme. Hatte Mrs. Blackwise etwa ein schlechtes Gewissen wegen meiner Unterbringung? Damals konnte sie allerdings noch nicht wissen, dass meine Familie eines Tages von ihrem Angebot wirklich Gebrauch machen würde. Mehr darüber später.

Die Footballsaison war vorüber, mithin die Saison der Marching Bands. Daher saß ich nun viele Nachmittage zu Hause und langweilte mich. Ich wollte gerne noch eine neue Schulaktivität beginnen. Mrs. Ginbaugh schlug „Track" vor, denn das hatte Tony vor zwei Jahren auch gemacht. So gelangte ich in das „Track Team" der Cocoa High School. In diesem befasst man sich mit Leichtathletik, insbesondere Rennen: Hindernis-, Staffel- und Langstreckenlauf sowie Sprinten. Das Training fand täglich statt, außer an den Wochenenden, und beinhaltete außerdem für einige Stunden pro Monat Kraftraum.

Es begann mit lockerem Warmlaufen und Stretching der Muskulatur. Dann wurde eine Viertelmeile gerannt, anschließend eine halbe bis zu einer ganzen Meile, und das Ganze noch einmal in umgekehrter Reihenfolge. Das ganze natürlich auf Zeit, die es stets zu verbessern galt. Im Laufe des Halbjahres wurde das Training kontinuierlich erweitert und bis auf etwa sechs Meilen täglich ausgedehnt. Und das auf Asphalt bei tropischen Temperaturen! Der harte Boden tat meinen Beinen nicht gut. Ich mußte mehrere Wochen wegen einer Knochenhautentzündung aussetzen, und nachts wurde ich oft von üblen Wadenkrämpfen heimgesucht.

Der erste öffentliche Wettkampf war ein Reinfall. Ich musste gegen Läufer aus anderen High Schools im Lauf um eine Meile antreten (viermal um ein Fußballfeld!). Als ich zwei Runden gelaufen war, schlossen andere bereits ihre dritte Runde ab, und ich musste ausscheiden. Ich wurde quasi überrundet. Der Lauf einer halben Meile verlief dann etwas besser. Dennoch waren die Trainer und ich mit meiner Leistung nicht so ganz zufrieden. Noch weniger natürlich Mrs. Ginbaugh, die mir sofort erzählte, wie gut Tony während seiner Zeit im „Track Team" gewesen war. Ich hätte doch wohl besser in die Mannschaft für deutschen Fußball gehen sollen, aber dieses Training begann erst wesentlich später. Während ich nachmittags rannte, hatte Tony Baseball-Training, denn nun begann auch dessen Sport-Saison. Abends fuhren wir gemeinsam nach Hause; Mr. oder Mrs. Ginbaugh holten uns ab. Tony und ich waren beide immer ziemlich geschafft, aber merkwürdigerweise hatte ich von nun an alleine den Abwasch eines ganzen Tages zu erledigen, während mir Tony vorher immer dabei geholfen hatte. Als ich fragte, weshalb das so sei, erklärte man mir, Tony müsse außer Baseball ja auch noch Rasen mähen, um sich Geld zu verdienen, welches ich „fauler Mensch" ja „von drüben" bekäme, ohne etwas dafür zu tun. Gerne hätte ich die Ginbaughs daran erinnert, dass sie ja Geld für meine Unterbringung bekamen!

Natürlich hätte ich gern einen Job wie Babysitting oder Rasenmähen angenommen, aber jeder in der Gegend, der seinen Rasen nicht gerade selbst mähte, ließ dies von Tony erledigen. Und außerdem: Welchen Rasenmäher hätte ich auch nutzen sollen? Als Babysitter wurden Mädchen bevorzugt. Mrs. Ginbaugh schlug mehrmals vor, ich solle einfach losziehen, und mich in der Umgebung um einen Job bemühen. Tony hingegen war sehr bestrebt, sie von dieser Idee abzubringen, weil er sich vor Konkurrenz fürchtete. Seine Bedenken nahm ich ihm keineswegs übel. Ich hatte in Bremen selbst des Öfteren skeptisch dreingeschaut, wenn in dem Supermarkt, für den ich Ware ausfuhr, ein neues Gesicht auftauchte, und mit der gleichen Aufgabe betraut wurde.

Das Geld, das aus Deutschland für mich kam, waren immer kleine Summen von zehn oder zwanzig Dollar, die es gut einzuteilen galt. Und: Es kam sehr unregelmässig und keineswegs nur von meinen Eltern, sondern auch aus der mitleidigen Verwandschaft. Mrs. Ginbaugh starrte mit ahnendem Blick auf jede Art von Post, die ich erhielt, selbst wenn gar kein Geld in den Umschlägen war, und sagte mit abfälligem Unterton:

„His mama sends him money again".

An den Wochenenden wurde ich weiterhin für Gartenarbeit eingesetzt, die letztendlich nach wie vor nichts nützte. Es war nur sinnlose Beschäftigungstherapie. Ich versuchte, mich durch Briefeschreiben weitgehend davor zu drücken. Dafür bekam ich zwar mittags manchmal nichts zu essen, erhielt aber auch reichlich Post aus Deutschland und konnte mir somit moralisch ganz gut über die Schwierigkeiten mit meiner Gastfamilie hinweghelfen. Zwar hätte ich die Möglichkeit gehabt, meine Gastfamilie zu wechseln, dann aber wohl in eine andere

Gegend gemusst. Ich hatte einfach keine Lust, noch einmal von vorn anzufangen, zumal ich in Cocoa so nette Freunde gefunden hatte, eine hervorragende Schule besuchen konnte und auch viel Spaß in den Bands hatte. Die Justins, das wäre eine nette Familie für mich gewesen...

Mein zweites Date vermasselte mir Mrs. Ginbaugh. Bei einem festlichen Anlass der Rotarier in der Schule, für den als Musikbeitrag eine Spezialbesetzung der Band organisiert worden war, lernte ich Jeanette kennen. Dies geschah während der Schulzeit. Nur, weil ich an diesem Tag ebenfalls in der Band spielen sollte, hatte ich an diesem Tag ein paar Freistunden. Während der Reden saß ich neben Jeannette, und sie muß wohl meinen ausländischen Akzent bemerkt haben. Sie sprach mich darauf an, und wir unterhielten uns lange. Ihre Mutter war auch Deutsche. Da ihr Vater mit den Festlichkeiten der Rotarier beschäftigt war, durfte sie ebenfalls daran teilnehmen.

Am kommenden Wochenende telefonierten Jeannette und ich dann lange. Das ging nur, weil außer mir einen ganzen Vormittag lang niemand zu Hause war. Wir verabredeten uns zum Rollschuhlaufen. Da waren nur zwei Probleme:

a) Ich konnte gar nicht Rollschuh laufen! Zuletzt hatte ich als kleiner Junge auf den scheppernden Dingern gestanden. Und:

b) Das Rollsportstadion war weit entfernt in Merritt Island. Wie in aller Welt sollte ich dort hinkommen für ein Date mit Jeannette?

Ich war hingerissen von ihrer zierlichen Gestalt, ihrem schulterlangen, hellblonden Haar und ihren silberblauen Augen; ja, sogar von ihrer funkelnden Zahnspange, weil ich selbst lange Zeit so ein Ding hatte tragen müssen. Ich glaube, die Brackets hätten mich beim Küssen nicht gestört. In der Band bekam man von der Sache Wind und beglückwünschte mich zu meiner Auswahl. Wer wieder einmal dagegen war, war wohl klar. Mudder Ginbaugh meinte, ich hätte kein Geld für solche Flirts und sollte lieber für die

Fahrt Washington sparen. Ich hasste es, dass sie sich in jede meiner Angelegenheiten einmischte. Was gingen sie denn meine Finanzen an? Wusste sie nicht mehr wie das ist, wenn man verliebt ist? Ich hatte das Gefühl, dass sie mir wieder einfach nur den Spaß verderben wollte. Als ich heimlich aus einer Telefonzelle bei Jeanette anrief, hatte ich prompt ihre deutsche Mutter am Apparat, woraufhin ich gleich in meiner Muttersprache losredete. Trotz des Bonus, den ich vielleicht als „German Boy" hatte, war Jeannettes Mutter gegen das Treffen und es blieb bei Tricia als meinem einzigen Date. Ohne Freiheit, ohne Auto, ohne Geld war man eben ein Nichts in diesem Land.

Ich bewunderte Leute wie Jan. Jan kam aus Hamburg und war über einen Onkel nach Florida gekommen. Wie ich war auch Jan ein Senior an der Cocoa High School, aber nicht im Status eines Austauschschülers. Da er ziemlich gut (deutschen) Fußball spielen konnte, machte er Karriere im American Football-Team der High School. Er sah nicht nur gut aus, er war ein Star an der Schule!

Keine Ahnung, wie er das machte, aber er fuhr einen Chevrolet Camaro und hatte die hübscheste Cheerleaderin zur Freundin, die als Schönste der Schule obendrein Homecoming Queen war. Jan war zu beneiden. Er war frei und erfolgreich und dabei ganz bescheiden geblieben. Ihm schien alles ganz einfach zu gelingen. So etwas beeindruckte mich.

An die Qualität der Cocoa Highschool Big Band kam keine andere heran. Leider wurden so gut wie nie Konzerte gegeben, da es durch die in Amerika enorm geförderte Schulmusik sehr viele Big Bands gab und die Anlässe rar waren. So diente die Band in der Regel dazu, am Jazz zu arbeiten und damit zu experimentieren. Mr. East, von Haus aus Saxophonist, leitete die Band mit viel Gefühl und Erfahrung. Unser Repertoire war das schwierigste aller Schul-Big Bands in der Umgebung. Das war wohl auch der Grund, weshalb wir zu einem Wettbewerb von High School- und College-Big Bands nach Tallahassee eingeladen wurden. In der

Regierungshauptstadt Floridas gaben wir am 27. Februar zwei Konzerte in der Florida-State University. Wir hatten uns herrliches Wetter für diese Fahrt ausgesucht: strahlend blauer Himmel, nicht zu heiß und klare Luft.

Tallahassee gefiel mir sehr gut. Die weitläufig angelegte Universität nimmt einen großen Teil der Stadt ein, und ich hatte den Eindruck, als bestünde die ganze Bevölkerung nur aus jungen Leuten. Vom Bus aus beobachtete ich Dutzende von Gartenpartys, sah viele Bäume, die des Nachts von Schelmen mit Klopapier behängt worden waren, und immer wieder bemerkte ich hübsche, junge Mädchen, die unseren meist männlichen Bandmitgliedern im Bus freundlich zuwinkten. Die Stadt sprudelte vor Leben.

Lebhaft wurde es auch nachts im Hotelzimmer. Zunächst sah sich unsere Zimmerbesetzung, die sich aus Steve, Chris, Kent und mir zusammensetzte, den Film „Star Wars" im Fernsehen an. Dadurch inspiriert begannen wir mit „Pillow Wars" (Kissenschlachten) gegen die Bewohner der benachbarten Zimmer. Während Luke Skywalker in dem berühmten Film Karriere machte, wurde ich in dieser Nacht als Pantoffelheld „Matt Bedwalker" bekannt. Ein Kissen wurde dabei total zerfetzt.

Nach dem Frühstück hatten wir die Ehre – so müde, wie wir waren – an einem Konzert professioneller Jazzmusiker teilnehmen zu dürfen. Danach fand die Preisverleihung für die Darbietungen vom Vortag statt.

Wir waren sofort hellwach, als die Jazz-Lab Band der Cocoa Highschool als die beste High School Big Band Floridas ausgezeichnet wurde. Die Trophäe und Urkunde für den besten Solisten Floridas erhielt unser Posaunist David. Da er schon vorher der heimliche Star unserer Band gewesen war, überraschte uns diese weitere Auszeichnung kaum noch. Seine Soli waren so perfekt und emotional, dass man in der Schule kaum noch von der Lab Band sprach, sondern vielmehr von der „Dave-Vinyard-back-up-band".

Die Heimfahrt verlief zunächst lebhaft, doch dann begannen alle, so nach und nach den versäumten Schlaf nachzuholen.

Als Nächstes standen eine ganze Reihe musikalischer Wettbewerbe an. Sie waren eine Art Selbstbestätigung für die Big Band, das Wind Ensemble, für kleine Instrumentalgruppen und Solisten von High Schools. Diese Contests wurden zunächst in den Disctricts ausgetragen, also in den Regierungsbezirken, in die Florida eingeteilt war. Allgemeines Ziel war es, im Vortrag die Note I (superior) zu bekommen, wodurch man am Jahresende eine Medaille erhielt und automatisch zur Teilnahme am State-Contest befördert wurde.

Der Jazz Band-Contest erfolgte nur kurze Zeit nach unserem Tallahassee-Erfolg, nämlich am 6. März 1981. Auch hierbei schnitten wir mit einer Superior-Note ab. Die Solo- und Ensemble-Contests waren gleich am Tag darauf. Auch ich hatte mich in wochenlanger Arbeit auf ein Trompetensolo vorbereitet, das von Nancy auf dem Klavier begleitet wurde.

Ferner wirkte ich bei einem Trompetentrio und einer gemischten Bläsergruppe mit. Was wir darboten, war katastrophal. Nancy hatte enorme Schwierigkeiten mit der Begleitstimme, das Trio war gerade noch akzeptabel, und in der Bläsergruppe konnte man froh sein, als alle gemeinsam das Ende des Stückes erreichten. Trotzdem wurden alle drei Darbietungen mit „Superior" benotet. Beim deutschen „Jugend musiziert-Wettbewerb" wären wir sicher nach dem ersten Vorspiel von der Teilnehmerliste gestrichen worden; hier konnten wir uns nun auf den State-Contest und die Medaillen freuen.

Mitte März fand der Contest für das Windensemble statt. Es dirigierte nicht Mr. East, sondern ein gewisser Mr. Heines aus Australien, der schon das ganze Jahr über mit uns zusammengearbeitet hatte. Ich fand ihn eigentlich ganz nett, aber in der Band kritisierte man, dass er bei jeder Probe stark schwitzte und dementsprechend roch. Außerdem hatte er eine feuchte Sprechweise, und wir hatten ernsthaft überlegt, ob wir den

Flötistinnen aus der ersten Reihe nicht ein paar Regenschirme zukommen lassen sollten. Was die Musik anging, so war „Joe" ein ausgezeichneter Pianist und Band-Conductor. Er sprach viel, wenn er Stücke einstudierte wirkte fast etwas nervös und konnte wütend aufbrausen, wenn ihm oder uns etwas nicht gelang. Er ging aber auch an die Pulte und schüttelte den Leuten die Hände, wenn sie gut spielten. Dank Joe Heines gelang es uns, auch bei diesem Contest mit „Superior" abzuschneiden.

Ich hatte inzwischen angefangen, mich nach einer neuen Gastfamilie umzusehen. Nachdem Mr. Justin einmal gesagt hatte, ich könnte zu ihnen kommen, war ich sofort Feuer und Flamme und hoffte, dass ich dieses durchsetzen könnte. Zunächst vertraute ich John mein Problem an, jenem jungen Mann, der früher als YFU-Austauschschüler Dänemark besucht hatte, und für uns Austauschschüler in der Region eine Art Vertrauensperson darstellte. Er sagte mir, dass es keine Schande sei, die Familie zu wechseln, er selbst habe dies zweimal getan.

In der Schule traf ich mich nun oft mit Steve, um unser erträumtes künftiges Zusammenleben für den Rest des Jahres zu planen. Schließlich hatte ich eine Unterredung mit Mrs. Blackwise. Diese erzählte mir aber zu meinem Entsetzen, dass bei einem Familienwechsel YFU die neue Familie bestimmen würde, nicht der Austauschschüler.

Sie rief dann abends bei den Ginbaughs an, die mir natürlich die Hölle heiß machten, weil sie von nichts wussten. Diesen Abend werde ich nie vergessen! Tony und Mr. Ginbaugh hielten sich, wie fast immer, neutral im Hintergrund. In Grund und Boden schrie mich allerdings die Herrin des Hauses. Sie ließ mich überhaupt nicht zu Wort kommen. Ich wollte auch gar nichts sagen, weil es keinen Zweck gehabt hätte. Mrs. Ginbaugh behauptete allen Ernstes, bisher sei alles bestens verlaufen. Dass dies nicht stimmte wusste ich ja wohl besser! In ihrem Wutausbruch brachte sie dann zum Ausdruck, dass sie es hasste, hintergangen zu werden. Was hätte ich denn bitteschön tun sollen? Was wollte sie von mir hören?

„Liebe Mrs. Ginbaugh, ich halte es leider nicht mehr aus bei dir! Ich werde nicht satt und muss deinen Müll aus dem Hinterhof wegräumen. Nebenbei erlaubst du mir nichts, was in irgendeiner Form Spaß machen könnte. Ich habe auch andere amerikanische Familien kennenlernen dürfen. Wo ist das Problem? Ich möchte gerne wechseln."

Sie hätte dann vielleicht alles getan, damit nichts nach außen dringt. Aber sie hätte mich gewiss nicht vor der nächsten Villa mit Swimmingpool abgeliefert!

Was das Hintergehen meiner Gastfamilie anbelangt – eigentlich war das nicht mein Stil, aber der Vorfall blieb nicht der einzige. Es war Selbstschutz und auch etwas Selbsterhaltungstrieb, oder nennen wir es Überlebenswille? Da ich bei den Ginbaughs kaum Freiheiten hatte und so gut wie nichts selbstständig unternehmen durfte, plante ich genehmigungspflichtige Aktivitäten wie Dates oder andere Verabredungen, aber letzlich auch den Familienwechsel, weit im Voraus und erzählte nur anderen autorisierten, vertrauten

Personen wie Band-Eltern oder Mrs. Blackwise davon, um gegebenenfalls Menschen zur Seite zu haben, die mich gegenüber den Ginbaughs bei meinen Wünschen unterstützen konnten. Denn Mrs. Ginbaugh fand meistens einen Grund, mich nicht gehen zu lassen. Entweder waren es die Schulaufgaben oder Erledigungen in Haus und Garten. Ich hinterging meine Gastfamilie, weil ich die Selbstbestätigung brauchte, um ihnen zu zeigen, dass ich Dinge selbst anpacken konnte, was sie mir nicht zutrauten. Und dass ich eben nicht das verzogene Muttersöhnchen war, für das sie mich hielten. Mein Ziel war es, alles so zu organisieren, dass eine Zusage der Ginbaughs fast unumgänglich war. Doch meistens hatte Mudder Ginbaugh den längeren Arm. Das Katz- und Maus-Spiel mündete stets in einen fürchterlichen Krach mit ihr, und sie schien ihren Sieg jedesmal voller Stolz davon zu tragen.

Meine Familiensuche endete jedenfalls damit, dass einige Tage nach dem Vorfall ein YFU-Abgeordneter aus Tampa anrief und mich fragte, ob er mir eine andere Familie, irgendwo in Florida, besorgen sollte. Ich war allein im Hause, daher konnte ich mit ihm frei sprechen. Ich erklärte ihm die Situation und sagt ihm klipp und klar, dass ich „irgendeine" Familie nicht wollte, da ich in Cocoa einen festen Freundeskreis gefunden hatte und nicht bereit war, dies alles für weniger als ein halbes Jahr aufzugeben. Punkt. Ich wurde wohl langsam erwachsen. Zum zweiten Mal nach dem Angebot von Mrs. Hill, bei ihr deutsche Weihnachten zu feiern, hatte ich den Sinn des Austauschjahres klar vor Augen und mich entschieden, trotz allem bei „meiner" Familie zu bleiben. Die Sache mit den Justins wurde ebenfalls hinfällig, da der Vater von Steve plötzlich für mehrere Monate ins Krankenhaus musste. Die Ginbaughs und Justins konnten sich seit dem Vorfall mit dem Familienwechsel nicht mehr ausstehen. Mrs. Ginbaugh hat allein mir dafür die Schuld in die Schuhe geschoben.

Nach all den Unstimmigkeiten hatte ich das Bedürfnis meine Eltern wiederzusehen. Vom 2. bis 16. April 1981 begleiteten sie das Bremer Jugendblasorchester, in dem mein Bruder

Klarinette spielte, nach Florida. Auch ich war noch Mitglied in dem Orchester, schließlich wollte ich nach meinem Auslandsjahr dort wieder einsteigen! Die dritte Amerikatour des Jugendblasorchesters führte nun zufällig nach Florida. Dessen Mitglieder sollten in Tampa ankommen, zunächst in St. Petersburg wohnen und dort erst Konzerte geben, dann ging es zum Kennedy Space Center und als nächste Etappe folgte Disney World. Ich wurde eingeladen, ein paar Tage mit meinen Eltern und dem Orchester zu verbringen und sollte dann von Miami zurück nach Melbourne/Florida fliegen, wo ich ja auch bei Beginn meines Austauschjahres angekommen war. Meine Eltern wollten mich in Cocoa besuchen, dort eine Nacht verbringen und mich dann mitnehmen. Sie schickten mir Geld für das Flugticket und schrieben Mrs. Blackwise einen freundlichen Brief, in dem sie um die Erlaubnis für meine Reise baten. Wieder war alles organisiert. Der Flug war vorgebucht und alle wussten Bescheid – nur die Ginbaughs nicht. Abermals war es ein Anruf von Mrs. Blackwise, der alles aufdeckte.

Wieder wurde ich mit Vorwürfen und Flüchen überschüttet. Mrs. Ginbaugh wunderte sich lautstark, dass meine Eltern dieses Hintergehen unterstützten und an Mrs. Blackwise und nicht an sie geschrieben hätten. Sonst, so meinte sie scheinheilig, hätte sie diesen Ausflug vielleicht erlaubt. So war das also. Madame wollte gefragt werden! Im ersten Moment klang das auch ganz glaubwürdig, doch wie das Ganze in Wirklichkeit ausgegangen wäre, stand in den Sternen. Ich ärgerte mich über sie. Wenn diese alte Spaßbremse doch nur einmal „yes" sagen könnte, hätte es dieses ganze Theater nicht gegeben. Hätte sie doch etwas mehr Vertrauen gehabt und Toleranz bewiesen – es hätte gar nicht so übel sein können bei den Ginbaughs. So aber war sie mir wieder einmal ernsthaft böse. Sie weigerte sich, zum vereinbarten Zeitpunkt meine Eltern in ihrem Haus übernachten zu lassen. Oder war das nur ein Vorwand, weil sie sich des Chaos schämte, in dem ich untergebracht war? Vielleicht war es sogar besser so. Ich musste also wieder einmal alles selbst organisieren.

Am nächsten Morgen bat ich in der ersten Schulstunde Mr. East, mich einen Augenblick zu entschuldigen. Dann vertelefonierte ich mein ganzes Kleingeld. Zuerst machte ich die Buchung des Fluges nach Melbourne rückgängig, da ich meine Bremer Freunde nun leider nicht begleiten durfte. Dann rief ich in St. Petersburg das Hotel an, in dem das Jugendblasorchester untergebracht war, und hatte prompt den Orchesterchef am Apparat. Ich erklärte ihm kurz die veränderte Lage und bat ihn Grüße an alle auszurichten. In der Lunchpause nahm ich mir Mrs. Blackwise vor. Ich erzählte ihr von Mrs. Ginbaughs Absage und rückversicherte mich hinsichtlich ihrer gastfreundlichen Einladung, die sie in ihrer Weihnachtspost an meine Eltern ausgesprochen hatte. Daraufhin telefonierte sie mit ihrem Mann, der – völlig unkompliziert – mit dem kurzfristigen Besuch einverstanden war, und sich bereit erklärte, Eltern und meinen Bruder vom Kennedy Space Center abzuholen.

Trotz aller anfänglichen Schwierigkeiten war schließlich doch alles bestens organisiert.

Diesmal hatte ich auch Mrs. Ginbaugh über alles informiert, einschließlich der Stornierung des Fluges, und dass Blackwises meine Eltern aufnahmen. Innerlich frohlockte ich, denn ich wußte: Sie ärgerte sich maßlos über die Tatsache, dass ich diesmal meinen Willen bekommen hatte.

Pünktlich kam meine „echte" Familie bei den Blackwises an. Sie brachten noch zwei Freunde, Rolf und Petra, mit. Dies war zwar telefonisch abgesprochen, Mrs. Ginbaugh äußerte sich aber später dennoch missbilligend, dass wir die Gastfreundschaft der Blackwises allzu sehr ausgenutzt hätten. Meine Gastfamilie war zu dem Treffen natürlich auch eingeladen worden.

Während Dana und C.J. im Swimmingpool baden gingen, hielt sich Mr. Ginbaugh wie immer diskret im Hintergrund und wechselte gelegentlich ein paar Worte mit Mr. Blackwise. Mrs. Ginbaugh sagte nicht viel, musterte meine Eltern nur neugierig und meinte dann mit einem Blick in meine Richtung:

„Oh, he's a lazy boy."

Etwas anderes und netteres fiel ihr wohl nicht ein. Rolf, der auch ihr nach deutscher Sitte die Hand zur Begrüßung schüttelte, hatte von meinen Abenteuern gehört und war drauf und dran auf deutsch zu sagen:

„Na, du dumme Gans, nett, dich auch mal kennenzulernen."

In Anbetracht der bayerischen Austauschschülerin Monika, die bei den Blackwises lebte, biss er sich dann doch auf die Zunge und unterließ diesen Ausspruch. Es gilt in den USA als unhöflich, sich in Gegenwart eines Amerikaners in einer anderen Muttersprache zu unterhalten. Ich war stets bemüht, dies zu beachten und notfalls auch andere zu ermahnen.

Monikas lapidarer Kommentar zu meiner Gastfamilie lautete:

„Ich kann sie verstehen!"

So einfach war das bei ihr. Was denn verstehen, bitteschön? Monika hatte ja auch gut reden. Sie lebte in einer offenen

Gastfamilie, in einem herrlichen soliden Haus aus Stein mit Swimmingpool samt Palmengarten und hatte alles, was ihr Herz begehrte. Vielleicht war ich ein Dickschädel, aber Monika war ekelhaft arrogant. Ich bot ihr an zu tauschen, was sie aber – wen wundert`s – dankend ablehnte.

Noch am selben Abend fand im Bandroom ein Treffen der Bandeltern statt, zu dem Mrs. Ginbaugh uns in ihrem Van mitnahm. Für deutsche Augen war dieses Fahrzeug äußerst originell; es war, wie bereits anfangs beschrieben, innen rot ausgeschlagen und an der Wand hinter dem Fahrersitz befand sich ein großer Spiegel. Rolf machte auch gleich seine Witzchen darüber.

Nachdem Mrs. Ginbaugh im Bandroom verschwunden war, nutzten wir die Gelegenheit, ein originelles Foto zu schießen, für das sich auch Paul und Steve zu uns gesellten. Anschließend zeigte ich den Gästen die Cocoa High School und auch den Bandroom. Hier hatten meine Eltern die Gelegenheit, Mr. East, Mrs. Justin und Mrs.

Thomson kennenzulernen. Mir kam es vor, als zeigte ich ihnen nun mein eigentliches Zuhause in Amerika. Der Bandroom, der mir liebste Raum in der Schule, in dem die Marchingband probte, eine Stunde täglich die Big Band und das Wind Ensemble spielte – der Raum, in dem ich täglich übte, wo ich auf den Beginn des „Track-Trainings" wartete, in dem die Leute stets freundlich und kumpelhaft waren und immer ein Lächeln für mich übrighatten.

Heiter fuhren wir zurück zu den Blackwises. Die Freude wurde jedoch gleich wieder gedämpft, als Mrs. Ginbaugh mir verbot, am folgenden Tag mit meiner Familie und unseren Freunden nach Disney World zu fahren. Wahrscheinlich war das ihre Rache, weil ich den Zwischenaufenthalt bei den Blackwises durchgesetzt hatte.

„He has to go to school", lautete ihr Befehl, und es nützte gar nichts, dass meine Eltern versuchten, mich noch für einen Tag loszueisen. Ich war maßlos enttäuscht, konnte aber nichts machen. Solange ich als

Austauschschüler bei ihr wohnte, war ich „ihr" Kind. Sie hatte das Sorgerecht und sie hatte das Sagen. Das Wort „Autoritätsverlust" schwebte über allem.

Man musste kein Hellseher zu sein, um festzustellen, dass Mrs. Blackwise etwas bedrückte. Sie war die ganze Zeit sehr höflich zu meinen Eltern, dennoch merkte man ihr an, dass ihr das Ganze irgendwie peinlich war: Da kam so ein junger Mensch aus Deutschland, der gerne nach Florida wollte – der Raumfahrt wegen – und landete in der unpassendsten Gastfamilie der ganzen Gegend. Ausgerechnet der Familie dieses Schülers hatte sie nun auch noch Weihnachtsgrüße geschickt mit dem Hinweis, dass – sollte sie ihr Weg einmal nach Florida führen – alle herzlich in ihrem Hause willkommen seien. Und diese Familie macht das auch noch wahr und bekommt dabei die von Mrs. Blackwise ungünstig ausgewählte Gastfamilie zu Gesicht. Peinlich! Besonders, wenn man als Gebietsbetreuerin für diesen Austauschschüler verantwortlich ist. Mrs. Blackwise schien dies alles durch den Kopf zu gehen. Jedenfalls war sie sehr bemüht, meinen Eltern und unseren Freunden einen angenehmen Aufenthalt zu gestalten, wofür ich ihr noch heute dankbar bin.

Am nächsten Tag fuhr Tony meine Sippe nach Disney World, wo das Bremer Jugendblasorchester bei der täglichen Parade mitwirken sollte. Hierfür bekam er von meinem Vater das Benzingeld erstattet und ein ordentliches Taschengeld. Als er dies am Abend erzählte, kommentierte es Mrs. Ginbaugh nur mit einem Murren.

Ich hingegen bezahlte bei Mr. East meine noch fehlenden 150 Dollar für die Fahrt nach Washington. Das Geld stammte von meinem Vater, der mir außerdem noch ein Taschengeld für den Rest des Austauschjahres zusteckte.

Die lange geplante Reise in die Hauptstadt der USA fand vom 23.-28. April statt. Zu meinem Entsetzen erfuhr ich kurz vorher, dass auch meine Gastmutter mitfahren würde. Eine Begleitperson war kurzfristig ausgefallen und man hatte sie angesprochen, ob sie nicht einspringen könne. Die Kosten wären für sie gedeckt. Zu Hause erzählte sie stolz mit einem

Seitenblick auf mich, die Kinder hätten nach ihr gefragt und sich riesig gefreut, dass sie mitkäme. „Bullshit!" konnte ich nur denken, denn ich kannte die gehrliche, gegenteilige Meinung der meisten Bandmitglieder über sie.

Mr. East hatte für die Fahrt von Cocoa in die Regierungshauptstadt, die zwanzig Stunden dauern sollte, zwei große, klimatisierte Busse mit WC bestellt. Wir fuhren hauptsächlich nachts. So kam es, dass in den meisten Fallen jeweils ein Junge neben einem Mädchen saß. Ich wurde – zu meiner großen Überraschung – von er attraktiven Julie gefragt, ob ich mit ihr als Sitznachbarin einverstanden wäre. Die kleine, lockige Flötistin war mir ohnehin schon positiv aufgefallen, und so willigte ich natürlich gern ein. Unglücklicherweise saß Mrs. Ginbaugh ein paar Reihen links hinter uns. Tony hatte vorsorglich den anderen Bus gewählt. Warum wohl?

Ich klönte stundenlang mit Julie, zeigte ihr Fotos von unserer Wohnung in Deutschland und beantwortete ihr viele Fragen. Ich freute mich über ihr Interesse und genoss das

Gefühl, mal wieder ernst genommen zu werden. Am schönsten war, dass sie die ganze Nacht über in meinem Arm schlummerte.

Endlich in Washington D.C. angekommen gaben wir gleich am ersten Tag ein Konzert auf den Stufen des Kapitols. Dies war der eigentliche Zweck unserer Reise, denn es gilt als besondere Ehre für High School Bands, die nicht gerade aus der näheren Umgebung der Regierungshauptstadt stammten, auf den „Capitol Steps" zu spielen. Auch mehrere Museenbesuche waren geplant, die Besichtigung des Kapitols, des Washington-Monuments und des Bureau of Engraving and Printing, in dem Amerikas Banknoten hergestellt werden. Auch dem Hause George Washingtons, des ersten Präsidenten der U.S.A., dem Ford's Theatre, in dem Abraham Lincoln ermordet wurde, und dem Heldenfriedhof Arlington statteten wir einen Besuch ab. Auf Letzterem legte unsere Band am Grabmal des unbekannten Soldaten einen Kranz nieder; wieder flossen reichlich Tränen.

Mrs. Ginbaugh machte sogar während der Reise Ärger. Im Bus erklärte ich Paul, wie ein Blitzwürfel für Fotoapparate funktioniert und demonstrierte es ihm. Ich war ja schon immer sehr technikinteressiert und diese „Flash Cubes" hatten eine wirklich spannende Funktionsweise. Der Fotoapparat stieß mit einem Bolzen einen im Blitzwürfel gespannten Draht durch, der wiederum durch eine chemische Reakion mit Sauerstoff die Pyrotechnische Magnesiumladung zündete. Mit einem spitzen Gegenstand konnte man den Blitz auch ohne Fotoapparat auslösen. Nun war es nicht so, dass ich reihenweise ganze Packungen abfackelte; es war nur ein einzelner Blitz! Sofort kam von hinten die gehässige Bemerkung, dass ich es mir ja leisten könnte, Blitzlichter zu verplempern, da meine „Mama" mir ja immer Geld schickte. Die hässlichste, abfällige Betonung lag dabei auf dem Wort „Mama". Diesmal reichte es mir, ich drehte mich nach ihr um und zog eine schielende Grimasse. Es folgte einer ihrer Wutanfälle, dem alle Businsassen andächtig lauschten. Hinten kicherten ein paar Leute, und ich erklärte Julie und Paul entschuldigend, dass ich solches Gezeter schon fast ein Jahr lang über mich ergehen lassen musste. Der Vorfall ereignete sich bereits auf der Rückfahrt, und einige Bandmitglieder fragten mich bei einer Pause in einem Schnellrestaurant:

„Was meinte die alte Hexe vorhin zu dir?"

Ansonsten verlief die Rückfahrt fast so gemütlich wie die Hinfahrt. Man machte sich einen Spaß daraus, schlafenden Leuten einen ganz leichten Rasierschaum aus der Dose auf die Hand zu sprühen und sie dann irgendwo im Gesicht mit einer Feder zu kitzeln. Wenn sie dann versuchten, sich mit der Hand zu kratzen, schmierten sie sich das Zeug überall hin und schauten dann verstört drein. Besonders unsere Möchtegern-Autorität Birch fiel darauf herein – zum großen Vergnügen der Band. Schließlich landeten wir wieder wohlbehalten im sonnigen Florida und durften uns auf die nächste Tour freuen, die dann im Mai für zwei Tage zum State Contest nach Winterhaven führte.

Diese Fahrt fand in einfachen, nicht klimatisierten Schulbussen statt. Das State Contest Niveau war sehr hoch, und wir waren stolz darauf, dass nur unsere Big Band eine Superior-Note erhielt. Das Wind Ensemble, das Trompetentrio und mein Solo wurden eine II und das schauerliche Bläserensemble eine III. Es war ein herrlicher Tag und wir spielten viel Frisbee in der Zeit zwischen unseren Einsätzen. Die Nacht sollten wir in einem Holiday-Inn-Hotel verbringen. Ich teilte mir ein Zimmer mit Steve, Paul und Chris, welches wir nicht auf Anhieb fanden. Wir probierten den Schlüssel an den verschiedensten Türen aus und stießen dabei auf ein Zimmer, die von vier hübschen Damen, einer Musikantengruppe aus Satellite Beach, bewohnt war. Meine drei Freunde und ich legten Geld zusammen, ich besorgte ein paar Drinks und klopfte bei den Mädels an. Augenblicklich machten sich meine Kumpels aus dem Staub (Feiglinge!). Ich wurde freundlich begrüßt und eingelassen. Wir hatten uns schon eine ganze Weile unterhalten, als Steve, Paul und Chris sich dann doch dazugesellten, bis uns schließlich ein paar Satellite-Bandeltern hinauswarfen. Daraufhin versuchten wir, den Kontakt telefonisch herzustellen. Das Telefon in unserem Zimmer hatte leider einen Wackelkontakt, den wir durch Zerren am Kabel zu beheben versuchten. Die ältere Dame, die im Zimmer nebenan wohnte, sah dann wohl rot, als sich die Schnur ihres Telefons rein und raus bewegte. Jedenfalls stand plötzlich ein Polizist in unserem Zimmer, kontrollierte das Kabel und ließ sich die Situation erklären. Kurz darauf tauchte dann auch noch die sonst so ruhige Mrs. Thomsen auf, die unsere Band auf dieser Reise begleitete und schimpfte kräftig auf uns ein. Man habe sich an der Rezeption über uns beschwert, sagte sie. Als wir ganz kleinlaut beigaben, weil wir sie noch nie so wütend gesehen hatten, wurde sie nach und nach freundlicher, und ich bat sie, Mrs. Ginbaugh nichts zu erzählen. Sie versprach es, und wir entschuldigten uns. Gerade, als wir uns von dem Schrecken erholt hatten und Anstalten machten, ins Bett zu gehen, stand Mr. East in der Tür. Jetzt erwarteten wir das größte Donnerwetter überhaupt. Doch, oh Wunder, er erkundigte sich lediglich nach unserem Wohlbefinden und wünschte eine gute Nacht.

Endspurt

Mrs. Thomsen machte ihr Versprechen wahr und Mudder Ginbaugh kam nichts zu Ohren. Ich hatte sowieso gerade wieder einmal mit ihr Krach. Ich hatte mich nicht besonders wohlgefühlt, aber dennoch am Training des Track-Teams teilgenommen. Danach musste ich stundenlang auf Tony warten, der mit seinem Baseball-Team irgendwo außerhalb ein Spiel hatte. Außerdem begann es auch noch zu gewittern und es kühlte merklich ab. Als Mrs. Ginbaugh endlich auftauchte, stellte sich heraus, dass sie noch einem zweistündigen Bandmeeting beiwohnen musste. Da riss bei mir der Geduldsfaden: Ich machte mich zu Fuß auf den Heimweg. Das war eine kühne Entscheidung, denn es gibt in Amerika kaum Gehwege, schon gar nicht an den Highways. Das Unternehmen war daher nicht ganz ungefährlich, außerdem hätte mich leicht eine Polizeistreife aufgreifen können. Wer in Amerika zu Fuß geht, könnte als kriminell angesehen werden. Eine Dreiviertelstunde lang lief ich mit knurrendem Magen den dunklen Highway entlang, geblendet von den Scheinwerfern der entgegenkommenden Autos. Ich fror und hatte nasse Füße von der feuchten Grasnarbe, auf der ich ging. Ich fühlte mich total vernachlässigt, und der ganze Krach mit Mrs. Ginbaugh, der ja sicherlich folgen würde, war mir in diesem Moment völlig egal.

Mr. Ginbaugh saß in dem Fernsehsessel des Patriarchen und blickte erstaunt auf, als ich das Haus betrat. Ein paar kurze, knappe Fragen, dann rief er sofort im Bandroom an und informierte seine Frau. Als sie nach Hause kam, war ich in meinen Klamotten auf dem Bett eingeschlafen. Sie weckte mich erst, als sie mein Essen fertig hatte. Mich wunderte es, dass sie sich überhaupt diese Mühe machte. Aber schließlich machte sie sich ja auch die Mühe, mich zu beschimpfen. Geschirrspülen musste ich dann zudem noch, bevor ich mich dann endlich – mit Schädelbrummen – ins Bett legen konnte.

Eigentlich wollte ich das Amerikajahr friedlich ausklingen lassen, und da dies bei den Ginbaughs ja anscheinend nicht möglich war, dann wenigstens in der Schule. Das klappte zunächst auch hervorragend, bis Mrs. Jones, die Lehrrin in American Literature, Paul the Second und mich aufgrund mehrmaligen verspäteten Zurückkehrens vom Lunch zum „Dean" schickte.

Der Dean ist der Schulleiter, der Chef von allem, eine Autorität, vor der sich Schüler zu verantworten haben, die sich mal danebenbenommen haben. Meist endete ein solcher Fehltritt mit der Benachrichtigung der Eltern. In unserem Fall saß Paul total niedergeschlagen auf seinem Stuhl. Ich, der Austauschschüler, redete wie wild auf den verdutzten Dean ein, dass ich so viel Zeit zum Lunch bräuchte, dass ich zu Hause bei meinen Gasteltern nicht genug zu Essen bekäme, und dass er doch bitte keinesfalls die Ginbaughs benachrichtigen sollte. Dann sagte ich ihm noch, dass mein Freund Paul absolut unschuldig wäre.

Der Mensch schien ein Herz zu haben und gestattete uns, ohne die Last einer Strafe, sein Büro zu verlassen. Allerdings mussten wir ihm versprechen, in Zukunft pünktlich zu sein. Paul war mir unendlich dankbar. Er hatte zwar auch sehr nette Eltern, aber der Besuch beim Dean hatte ihm doch einen Schrecken eingejagt. Dieser war schließlich ein Mensch, dem es es Respekt entgegenzubringen galt.

Unsere schwarzen Freundinnen in der Cafeteria schienen sich weiterhin über unseren guten Appetit so zu freuen, dass wir jedesmal eine riesige Extraportion bekamen. Die freundliche schwarze Frau, die dafür verantwortlich war, hieß Mrs. Greene und Paul und ich beschlossen, uns bei ihr am Valentinstag zu bedanken. Üblich war es, eine

Blume mit einem Kärtchen zu kaufen, auf das man einen Gruß und den Namen des Empfängers schrieb. Die Schule verteilte das Präsent dann diskret über ein Valentines-Team. Doch am Valentinstag stellte sich heraus, dass niemand Mrs. Greene kannte. So holten Paul und ich ihre Blume selbst ab und brachten sie ihr persönlich. Sie brach vor Rührung sofort in Tränen aus und umarmte uns beide vor großem Publikum. Mit hochrotem Kopf holten wir uns dann unsere große Extraportion ab und begannen zu mampfen. Da anscheinend mehrere Blumen nicht ihren Empfänger erreichten, kauften wir noch schnell eine rote Rose für Mrs. Jones zur Besänftigung, denn wir waren durch all die Aufregung mal wieder viel zu spät dran. Und siehe da: Sie schickte uns diesmal nicht zum Dean! Nachdem sie der Klasse eine Aufgabe gegeben hatte, drehte sie mit gedankenverlorenem Lächeln die Rose in ihren Fingern hin und her. Anscheinend hatte sie lange keine Blumen mehr geschenkt bekommen. Julie, die kleine lockige Flötistin, bekam von mir übrigens auch eine Rose...

Kurz vor Ende des Semesters wurden in der Cafeteria mit Schülern die United Nations nachgestellt. Wir hatten hier die Möglichkeit, wie in der echten UN eine Nation unserer Wahl zu repräsentieren. Aktuelle Probleme der Weltpolitik standen zur Diskussion und es wurde heftig debattiert. Es kam nur genauso wenig dabei heraus wie in der echten Politik. Ich vertrat natürlich West Germany, nicht allein, sondern gemeinsam mit Monika und einem Typen, der von Politik eine ganze Menge verstand.

Bei dieser Veranstaltung hielt ich zwei Reden, auf die ich mich lange vorbereitet hatte. Es ging um Themen zum Umweltschutz. Sie wurden von den Vertretern anderer Länder mit Respekt akzeptiert und durch Stellungnahmen gelobt. Ich glaube, meine deutsche Abstammung und mein Akzent führten dazu, dass ich wesentlich ernster genommen wurde als der amerikanische Deutschlandvertreter. Zumindest wirkte sich das positiv auf die diplomatischen Beziehungen in der kleinen Welt der Cocoa High School Cafeteria aus. Im Großen und

Ganzen war die nachgestellte UN-Versammlung, die drei Tage andauerte, eine gute Erfahrung für mich.

Bevor das sechste und letzte Zeugnis ausgegeben wurde, feierte die Band mit Band-Eltern das sogenannte „Band Banquet". Dort wurde nicht nur ordentlich gefuttert, sondern man erhielt auch die ganzen Medaillen, die man sich im Laufe des Schuljahrs durch die musikalischen Aktivitäten der Schule erspielt hatte. Hierzu wurden wir einzeln aufgerufen, und Mr. East las vor versammelter Mannschaft vor, welche Ehrungen man bekam. Ich stand sehr gut da, denn ich erhielt sieben Medaillen, zwei Urkunden und den großen, orangefarbigen Bandbuchstaben, der mit einer Notenlienie versehen war und das große „C" von Cocoa High darstellte, zum Aufnähen auf die Jacke.

Kurz vor der Senior-Abschlussveranstaltung ereignete sich noch etwas Haarsträubendes: Bei den Ginbaughs brach ein Feuer aus.

In den Florida-Nächten war es bereits im Frühjahr unbeschreiblich heiß, und da die

Klimaanlage bei meiner Gastfamilie wie vieles andere nicht funktionierte, wurden die Räume nachts mit Ventilatoren einigermaßen erträglich gehalten. Mr. Und Mrs. Ginbaughs hatten den größten und lautesten Fan, die Kinder den kleineren und Tony und ich ein älteres Gerät mittlerer Größe in einem Blechgehäuse. Letzteres wollte eines Abends nicht so recht funktionieren, sodass wir den Propeller mit einem Schubs in Bewegung bringen mussten, ehe er sich gleichmäßig drehte. Wir hatten keine Ahnung, warum das so war und machten uns auch nicht die Mühe, es herauszufinden. Wahrscheinlich brauchte die Welle nur etwas Öl oder hatte sich leicht verklemmt. Gegen fünf Uhr morgens war das Ding dann heiß gelaufen und zwar so heiß, dass es Propeller und Schutzgrill, die beide aus Plastik waren, in Brand setzte. Tony erwachte mehr oder weniger zufällig und sah das Leuchten des Feuers zunächst nur durch seine Augenlider flackern. Vor Schreck wie gelähmt konnte er nicht einmal schreien, sondern nur einen japsenden Laut von sich geben. Dann gelang es ihm doch noch, Alarm zu schlagen, wovon ich dann mit einem riesigen Schreck ebenfalls aufwachte. Mr. und Mrs. Ginbaugh kamen in unser Zimmer gestürzt. Tony versuchte, das brennende Gerät nach draußen zu tragen. Wie ich später erfuhr, tat er das, weil der Trailer mit allem was drin war, nicht mal über einen Versicherungsschutz verfügte. Seine Hände erlitten dabei Verbrennungen. Mr. Ginbaugh schlug ihm das Ding aus der Hand, woraufhin es auf seine eigenen Füße fiel und dort ebenfalls, für glücklicherweise nur leichte, Verbrennungen sorgte. Es gelang ihm schließlich, den Brand mit einem Bettlaken zu ersticken.

Ich schämte mich wahnsinnig. Alles, was ich während der dramatischen Aktion tat, war zitternd und mit rußgeschwärztem Gesicht, auf meinem Bett zu hocken. Tonys Schreie „Fire, fire!" echoten noch in meinen Ohren. Mir schwebte die ganze Zeit vor Augen, was hätte passieren können, wenn er nicht rechtzeitig wachgeworden wäre. Diese Trailer brennen nämlich wie Fackeln. Ich habe mal einen ausgebrannten gesehen: Nur dessen Gerippe der Bodenplatte mit den Rädern war noch übriggeblieben. Außerdem – mich erfasste ein Riesenschreck – war gleich neben unserem Zimmer draußen der Butan-Gastank für Herd und Heizung installiert...

Tony und sein Vater erholten sich schnell von den Verbrennungen. Noch ehe sie gänzlich abgeklungen waren, musste sich Tony erneut in ärztliche Behandlung begeben. Beim Herumalbern im Swimmingpool von Bekannten zog er sich eine dicke Platzwunde am Kopf zu, die genäht werden musste. Er fragte sich mehrmals laut:

„Why always me?"

Obgleich er nicht bedauert werden wollte, tat er mir leid. Er arbeitete stets hart und war ein sportlicher, kerniger Typ mit Humor und Intelligenz; außerdem war er der Menschlichste der ganzen Familie.

In Gedanken malte ich mir aus, was wohl gewesen wäre, wenn ich eine Verletzung erlitten hätte, wie damals Aanti bei dem Autounfall. Vielleicht war Aanti nur deshalb so beliebt bei den Ginbaughs, weil er ihr Mitleid erregt hatte. Vielleicht war er ja genauso wie ich – einer, der nur deshalb so viel paukte, um keine Drecksarbeit im „Garten" verrichten zu müssen. (Ich schrieb dafür lieber Briefe.). Wahrscheinlich war Aanti nur etwas raffinierter gewesen als ich...

Es folgte Graduation Day. Schon Wochen vorher hatte ich die lange, weiße Robe anprobiert, dazu die weiße Akademikermütze mit dem Bommel in den Schulfarben dran. Ich kaufte die Tracht extra für den amerikanischen Schulabschluss. Später, in Deutschland, trug ich sie nur noch zum Fasching. Immerhin lernte ich darin meine spätere Frau kennen. Die Farben unterschieden sich von Schule zu Schule und waren nicht „Spirit-gebunden". Lediglich die Bommel, die traditionsgemäß am Innenspiegel der Autos von Schülern endete, ware „orange and black". Dazu trug man eine schwarze Hose (die Mädchen schwarze Röcke), ein weißes Hemd und eine schwarze Krawatte. Der Schlips, den mein Vater mir aus Deutschland mitgegeben hatte, war zufällig gerade an der Stelle schwarz wo sich der Knoten befand, ansonsten war er mit gelben, orangfarbigen und roten Punkten versehen. Ich fand ihn ein wenig unmodisch, aber meinen Freunden gefiel das kühne Muster, und sie zogen ihn – allerdings erst nach der Zeremonie – unter meiner Robe hervor für eine Fotosession. Kent rief lachend:

„Matt is cheating!" (Er schummelt!)

Kent war alledings nicht im meiner American Literature-Class...

Die Abschlussveranstaltung fand in einer riesigen Mehrzweckhalle in der Nähe von Cocoa statt. Die Band, der Schulchor und die weiß-dekorierten Seniors nahmen in der Mitte Platz, das Publikum, das meist aus gerührter Verwandtschaft bestand, saß drumherum. Es wurden festliche Reden gehalten und festliche Musik gespielt; der verbleibende Rest der Band spielte nun für uns! Dann wurde jeder Senior einzeln aufgerufen und der Dean der Cocoa Highschool überreichte ihm sein „Dipoma of Graduation", die Urkunde mit dem aufgedruckten Namen des Schulabgängers, die den Schulabschluss bestätigte. Im Publikum heulten die Mütter und eilten mit ihren Fotoapparaten nach vorn, um den großen Augenblick ihrer Sprösslinge im Bild festzuhalten.

Nach den Festlichkeiten zogen Tony und ich uns im Van, den man uns für den Abend zur Verfügung gestellt hatte, zunächst einmal „normale" Klamotten an. Mit seinem dicken Freund Paul the First besuchten wir dann drei Partys hintereinander und machten von dem jeweiligen Nahrungsangebot reichlich Gebrauch. Leider muss ich das immer wieder betonen, für mich war es stets eine Besonderheit, ausreichend essen zu können. Anschließend empfing Tony selbst eine Menge Gäste, aber nicht zu Hause, sondern am Strand des Atlantiks von Cocoa Beach. Dazu hatte er die beiden großen Lautsprecherboxen aus seinem Zimmer an die Stereoanlage im Van angeschlossen und auf den Strand gestellt, dahinter flackerten zwei Kerzen. Ein paar Leute brachten etwas zum Knabbern mit. Auch an Alkohol fehlte es nicht, den man in Amerika – je nach Bundesstaat – erst im Alter zwischen 18 und 21 Jahren kaufen darf. Wir waren auch ganz schön angetütert hinterher.

Trotz allem fuhr Tony den Van früh morgens sicher nach Hause, wo wir dann feststellten, dass man das Gestrüpp im Vorgarten und Mr. Ginbaughs Station Wagon mit Klopapier eingerollt hatte. Tja, so wurde man vom Täter zum Opfer.

Eine Woche später sollte „Prom" sein. Das ist ein großer Ball zu Ehren der Seniors. Ähnlich wie beim Homecoming lud man ein Mädchen zum Essen und Tanzen ein. Hierbei musten die Jungs einen Smoking tragen, den man sich aber in Cocoa auch leihen konnte. Der Prom der Cocoa High School fand 1981 in einem großen Hotel in Cocoa Beach statt. Ich hatte nun die Wahl: Entweder folgte ich der Einladung zweier bekannter Familien, die letzten Wochen in Florida mit ihnen zu verbringen, oder ich führte ein Mädchen zum Prom aus. Beides zusammen war finanziell nicht drin.

Ich entschied mich für das Erste, fuhr aber trotzdem zum Prom. Paul the First und ein anderer junger Mann hatten auch keine Lust, viel Geld in ein Mädchen zu investieren. Wir drei Junggesellen fuhren also los, wohlbemerkt ohne Smoking, um nur mal in die Sache hinein-zuriechen. Nobel, nobel und sehr teuer; das war unsere Feststellung. Einige Pärchen nutzten gleich die Gelegenheit, um sich fern von Mami und Papi ein Hotelzimmer zu mieten. Im Foyer des Hotels stand ein Fotograf, der ein Geschäft witterte. David, der erfolgreiche Posaunist, lieh mir seine Freundin Laurie für ein Foto. Eigentlich war das jedoch rausgeschmissenes Geld. Was sollte ich mit einem Foto von mir und einer jungen Frau, die ich weder attraktiv fand noch selbst ausführte? Danach machte ich einen Strandbummel und beobachtete die großen weißen Krebse, die nachts in großer Zahl am Strand nach Beute Ausschau hielten. Da meine Freunde Steve und Paul the Second, sowie andere Juniors an dem Abend nicht anwesend waren, wurde es auch für mich nicht sonderlich amüsant.

Umso mehr genoss ich meinen kleinen Sonderurlaub. YFU gestattete es den Austauschschülern freundlicherweise, nach Schulabschluss eine Fahrt innerhalb der USA zu unternehmen. Bereits Monate im Voraus hatte man in Deutschland begonnen, für mich eine kleine Reise zu planen und alles zu arrangieren, um mich für ein Weilchen dem Würgegriff der Ginbaughs zu entreißen.

Zuerst sollte ich Karin Allen besuchen, eine Schulfreundin meiner Mutter, die mit ihrem Freund ein nettes kleines Haus an einem großen See in Kissimmee bewohnte. Kissimee liegt in der Nähe von Orlando. Und da wiederum gibt es drei große Vergnügungsparks: Disney World, Sea World und Circus World. Ferner hatte ich eine Einladung nach St. Petersburg am Golf von Mexiko, wo die netten Niebaums, ein befreundetes Ehepaar meiner Eltern, lebten.

Diesmal versuchten wir die Ginbaughs auf „orthodoxe" weise mit der Sache zu konfrontieren. Allerdings schien es mir dennoch sicherer, das Ganze durch mehrere geheime Telefongespräche zu untermauern. So erhielten die Ginbaughs von den Niebaums einen sehr freundlich formulierten Brief, in dem sie um die Erlaubnis baten, mich zehn Tage als Gast aufnehmen zu dürfen. Wenig später kam ein solches Schreiben von Karin, die sich darin als zu meinem engeren Bekanntenkreis zählend beschrieb (dabei wusste ich nicht einmal, wie sie aussah), und deshalb darum bat, mich für einige Tage einladen zu dürfen. Mrs. Blackwise wurde diesmal nicht informiert, da sie ja bereits zweimal durch plötzliche Anrufe bei den Ginbaughs gepetzt hatte, und somit meine Pläne zunichte machte. Diesmal klappte wirklich alles, obgleich Mrs. Ginbaugh die Sache etwas mürrisch hinnahm. Nun hatte sie aber keine andere Wahl.

So kam es denn, dass Karin mich eines Tages abholte. Während sie tagsüber ihrem Beruf nachging – sie war Immobilienmaklerin –, nahm ich alle drei Vergnügungsparks im Alleingang. Ich fühlte mich endlich wieder einmal frei und war äußerst happy, wenngleich ich gestehen muss, dass es zusammen mit einem Kumpel sicher noch viel mehr Spaß gemacht hätte. Am letzten Tag meines Kissimee-Aufenthaltes besuchten wir Karins Stammkneipe, wo es importiertes Beck's Bier gab. Nicht zu fassen, Bremer Bier in Florida!

Da Karin und ihr Freund mich nach dem Essen Runde für Runde einluden, wußte ich am Ende nicht mehr, wie ich zu ihr nach Haus gekommen bin. Ganz schön abgefüllt hatten sie mich! Der Eimer, den man vorsorglich neben mein Gästebett gestellt hatte, blieb glücklicherweise unbenutzt.

Am nächsten Tag brachte Karin mich nach St. Petersburg. Dort verbrachte ich die nächsten zehn Tage – teils bei den älteren Niebaums, teils bei deren jüngsten Sohn Ronald, dessen Frau und Kindern. Niebaums waren mit meiner Großtante befreundet und besuchten immer noch regelmäßig Deutschland. Hermann war durch Bäckereien mit deutschen Backspezialitäten reich geworden und ging regelmäßig Golf spielen. Chris war eine sehr nette, konservative Amerikanerin aus Chicago. Täglich lief ich zu Fuß die 500 Meter an den weißen Strand des Golfs von Mexiko und ließ mich von der relativ milden Vormittagssonne braten, wanderte den endlos langen Strand entlang und schwamm von Boje zu Boje in dem lauwarmen Wasser. Es war das Paradies! Nachmittags unternahmen wir gemeinsame Exkursionen. Abends schaute ich mit Chris eine Comedy-Serie mit John Cleese im Fernsehen und las ihr den Anfang einer von mir übersetzten Fassung dieses Buches vor. Es war eine schöne Urlaubsreise mit einer sehr persönlichen Betreuung, die ich wirklich rundum genossen habe. Chris schenkte mir zum Abschied eine Gürtelschnalle aus massivem Messing in Form einer Trompete. Ich trage sie noch heute.

Die wenigen Tage, die mir dann noch bei den Ginbaughs blieben, verliefen relativ ruhig. Die Familie, die ja in Sachen Baseball sehr aktiv war, verbrachte viel Zeit auf dem Platz, wo die Kinder – einschließlich Tony – spielten und Mr. Ginbaugh ein Team trainierte.

So ging ich, nachdem mein Koffer schon längst gepackt war, des Öfteren noch mit und traf dort Steve, Paul und andere aus meiner Clique, die nicht verreist waren. Die meisten versprachen, mir zu schreiben, und ich verteilte fleißig meine deutsche Adresse. Ein paarmal Händeschütteln, einige letzte herzliche Umarmungen von Mädchen, das war's! Was meinen amerikanischen Freundeskreis anbelangte, so wäre ich gern noch in den USA geblieben – als freier Mann wohlgemerkt! Was die Ginbaughs anbelangt: zu ihnen war die große amerikanische Freiheit nicht durchgedrungen. Sich selbst billigten sie alles zu – mir nichts!

Der 7. Juli 1981 war der Tag meiner Abreise. Um sechs Uhr morgens stand ich – gemeinsam mit Mr. Ginbaugh – auf, der in den Dienst musste. Der Abschied von ihm war knapp und nichtssagend. Natürlich dankte ich ihm für alles, für meine Unterkunft, für das Essen und all die Mühe, die er sich gegeben hatte, mir ein Zuhause zu geben. Er wünschte mir noch viel Glück für meine Zukunft und verschwand dann mit seinem weißen Station Wagon. Kein Wort über all den Ärger, über meine schulischen Leistungen oder über meine Fehler. Ich wusste, dass er ähnlich über mich dachte wie seine Frau, doch er blieb stets still. Manchmal war mir seine Verschwiegenheit unheimlich und seine Zurückhaltung einfach zu viel. Einmal hatte er Stress mit seiner Frau. Die beiden beschimpften sich lautstark, dann warf er eine halbvolle Bierdose gegen den Trailer, setzte sich auf die Treppe vor dem Mobil Home – und schwieg. Auch im Alltag war er meist ruhig. Gelegentlich wies er die Kinder zurecht, wechselte ein paar Worte mit Tony oder seiner Frau. Er lachte nur selten, meist mit Kollegen oder Bekannten. Ansonsten schwieg er. Doch es gab nichts, das seinen scharfen Augen entging. Er hatte etwas Überlegenes, Autoritäres und schien eine gute Menschenkenntnis zu besitzen. Neben Tony war er der einige Ginbaugh, den ich wirklich mochte, wahrscheinlich gerade deshalb, weil er so still und schlau war. Und sie? Mrs. Ginbaugh war genau das Gegenteil: laut und ein wenig primitiv.

Ich verstaute meinen Koffer und die Trompete im Van, die letzte Tour, die ich darin machen würde. Ich klopfte den beiden Jüngsten noch mal auf die Schulter, schüttelte Tony die Hand und stieg in das Auto. Wir einigten uns darauf, ein gemeinsames Bierchen trinken zu gehen, falls mich mein Weg einmal wieder nach Florida führen sollte.

Von Theresa, dem zweitältesten Ginbaugh-Sprößling, konnte ich mich nicht verabschieden. Das ganze Jahr über hatte ich nur sehr wenig von ihr mitbekommen. Sie verweilte bis nachmittags auf dem College, danach arbeitete sie bei „PUBLIX" und abends traf sie sich mit ihrem Freund, mit dem die Ginbaughs nicht einverstanden waren, und kam erst sehr spät nach Hause. Mit Austausschülern hatte sie nichts mehr im Sinn, nachdem Aanti, das Schlitzohr, mal versucht hatte, sie heimlich zu fotografieren. Mit Theresa führte ich während meines gesamten Amerikajahres in dieser Familie kein einziges Gespräch.

Zum Schluß noch etwas über Dana und Charles Junior. Mit dem kleinen, noch nicht ganz „stubenreinen", achtjährigen C.J. kam ich gut zurecht. Wahrscheinlich deshalb, weil auch er dauernd etwas anstellte. An ihm störten mich nur die ewigen Kriegsspiele mit seinen Freunden im Garten, wobei es stets galt, „the bad Germans" zu vernichten. Dana dagegen war eine richtige kleine Ziege, die wegen jeder Kleinigkeit gleich zu ihren Eltern rannte und petzte, oft auch weinte. Fluchen konnte sie genau so gut wie Vater und Mutter. Die häufigen Wutausbrüche hatte sie eindeutig von der Mutter geerbt. Sie spielte viel mit ihrer Freundin Tina und mit C.J., wobei sie sich gelegentlich gewaltig zankten und anschrien. Eben Kinder.

Doch nun saß ich allein neben Mrs. Ginbaugh im Van, auf dem Weg zum Melbourne Airport, und der Rest der Familie blieb zurück. Sie redete wenig. Die Aufbruchstimmung hatte Frieden hergestellt. Rückblickend stelle ich fest, dass das Jahr eigentlich ganz anders verlaufen war, als ich eigentlich gedacht hatte. Ich hatte doch davon geträumt, unter Palmen an einem Swimmingpool zu liegen, und dass ich viel mehr von Amerika zu sehen bekäme als nur das Städtchen, in dem ich für ein Jahr Austauschschüler war. Für einige andere YFU-Teilnehmer ist das sicherlich wahr geworden. Für Monika zum Beispiel bei den kultivierten Blackwises. Die machten mit ihr noch eine größere Tour durchs Land. Ich dagegen war in einer Familienidylle gelandet, die weder meinen Vorstellungen noch Gewohnheiten entsprach. Mein Anpassungsvermögen wurde arg gefordert und hat wohl auch ein bisschen enttäuscht. Ganz anders dagegen: mein Durchhaltevermögen. Ich gehöre nicht zu den labilen Typen, die schon nach den ersten Wochen bei den Ginbaughs das Handtuch geworfen hätten. Vor allem meine ich es auch der Organisation YFU gezeigt zu haben, die die eine oder andere Situation ja anscheinend gern vertuscht hätten, wenn ich da an den Anruf aus Tampa denke. Deutsche Bekannte äußerten Bewunderung für mein Durchhaltevermögen, aber auch einige meiner amerikanischen Freunde und Mrs. Hill.

So gesehen, bin ich eigentlich ganz froh darüber, dass ich bei den Ginbaughs gelandet bin, und es letztendlich mit den Justins doch nicht geklappt hat. Nur so habe ich mein Zuhause in Deutschland richtig schätzen gelernt. So hat mir, dem von Mrs. Ginbaugh als faul und verzogen beschimpften Kerl, das Amerikajahr nicht nur sprachlich sehr viel gebracht, sondern auch in puncto Menschenkenntnis und Selbstbewusstsein. Es ist allerdings fraglich, ob es für die Ginbaughs außer Geld auch in irgendeiner anderen Hinsicht nützlich war, wie etwa kulturelle Bereicherung. Nicht alle Austauschschüler sind eben „Aantis". In einem war ich mir sicher: Die nehmen nie wieder einen Austauschschüler.

So verließ ich also das Ginbaugh`sche Familienidyll, den nicht versicherten Trailer und den von Unkraut überwucherten Garten. Die Klimaanlage würde wahrscheinlich nie wieder funktionieren, ebenso wenig der Geschirrspüler, in dem eine Maus ihr Zuhause gefunden hatte, die mir manchmal beim Geschirrspülen über den Fuß lief, wenn ich zu sehr in der Spüle polterte. In und um den Trailer würde es weiterhin Kakerlaken, grüne Spinnen und Eidechsen geben, die manchmal durch die aufgerissenen Zuluftschläche der kaputten Klimaanlage unter dem Trailer ihren Weg ins Haus fanden. Und im Garten stand der ausgebrannte Ventilator, den ich nicht fotografieren durfte (ich tat es natürlich doch...). Mich sollte das alles nicht mehr stören.

Mrs. Ginbaugh rief mich aus meinen Gedanken zurück. Ihr Lieblingslied von Leo Sayer ertönte im Radio. Sie schrie: „Yeah!" und drehte das Radio auf volle Pulle. Ich musste grinsen. Sie war schon eine komische Nudel. Schade nur, dachte ich, dass wir nicht mehr solche Gespräche wie damals in der Silvesternacht geführt haben. Manchmal konnte sie ja ganz nett sein.

Sie parkte das merkwürdige „Vehicle", das von den Bremern wegen der roten Innenverkleidung als „Puff-Auto" bezeichnet wurde, auf dem von Palmen umsäumten Parkplatz des Melbourne Airports. Die beiden einzigen Male, die ich diese Anlage betrat, lagen ein knappes Jahr auseinander. Bei meiner Ankunft war es eine schwüle Nacht gewesen, nun genoss ich den kühlen, taufrischen Morgen, der meiner Stimmung ein gewisses Hoch verlieh. Die DC-9 nach Tampa wartete schon, und wir gaben rasch mein Gepäck auf. Mrs. Ginbaugh wirkte irgendwie verändert. Ihre rauhen, fast unweiblich wirkenden Züge schienen geglättet, ihr Bick ein wenig besorgt, fast mütterlich. Ob es Sympathie war?

„Take care", sagte sie, während ich ihre Hand schüttelte. Ich wusste, dass die vielen negativen Erfahrungen in ihrem Leben sie so spröde gemacht hatten. Vielleicht steckte in dieser harten Schale trotz allem ein weicher Kern, den sie nur selten durchblicken ließ. Ich brachte es nicht fertig, sie zu umarmen.

Ich zwängte mich durch die Passkontrolle, winkte ihr noch einmal zu und bestieg die Maschine. Nach dem Start blickte ich von meinem Fensterplatz aus noch einmal zurück und sah, wie der Van den Flughafenparkplatz verließ, klein wie ein Spielzeugauto. Ich lehnte mich zurück, ließ die vielen Eindrücke, die mich für mein weiteres Leben prägen sollten, Revue passieren und freute mich einfach nur noch auf zu Hause.

Ende

Nachwort

Wenn ich auf mein Amerikajahr zurückblicke, findet sich so einiges, dass mein Leben bis heute beeinflusst hat. Deshalb kann ich, würde man mich fragen, wozu so ein Austauschjahr gut sein kann, immer wieder auf eigene Beispiele verweisen.

1. Ich wählte nach dem Austauschjahr Musik und Englisch als Leistungskurs und hatte bis zum Abi damit absolut keinen Stress. Das war fast so entspannt, wie bei Tony, der zuletzt nur noch Fun-Fächer hatte! Der gute Einstieg in die Differentialrechnung bei Mrs. Belgados half mir obendrein in Mathe, auch später beim Studium.
2. Bis heute kann ich mich jederzeit fließend in Englisch unterhalten und pflege Freundschaften in der ganzen

Welt. Ich bin meinen Eltern dankbar, dass sie mir mit dem Austauschjahr diesen Horizont eröffnet haben.

3. Das Jahr in Amerika gewährte mir den buchstäblichen „Blick über den Tellerrand". Das Auslandsreisen sind für mich selbstverständlich; ich finde mich überall zurecht und hatte nach dem Abitur keinerlei Probleme, mich von meinen Eltern zu lösen.

4. Meinen Kindern habe ich ebenfalls ein Auslandsjahr ermöglicht, allerdings nicht über YFU. Ich wollte einen „echten" Austausch, bei dem wir Gastkinder aufnehmen und bei dem die Gastfamilien kein Geld bekommen. Das funktionierte sehr gut über den Rotary Club. Es war obendrein viel günstiger, denn mit Preisen von 10.000 Euro für ein Austauschjahr mit YFU geriet diese Schülererfahrung zu einem Privileg für Wohlhabende. Meine Kids gingen jeweils nach Südamerika und lernten neben perfektem Spanisch auch noch Englisch, da die interne Kommunikation

der Rotary-Schüler in Englisch erfolgt. Meine Motivation, ihnen dies zu ermöglichen, war mein eigenes Auslandsjahr. So war ich für ihren Wunsch viel offener.

5. In meinem Beruf sind viele Geräteanleitungen in Englisch. Sie zu verstehen, ist für mich überhaupt kein Problem. Und komplexere Fachbegriffe lassen sich herleiten.

6. In der Zeit des großen Lehrermangels habe ich als Seiteneinsteiger neben Musik vertretungsweise das Fach Englisch unterrichtet. Für mich eine ganz tolle Erfahrung, und etwas, das ich mir ohne mein Austauschjahr niemals zugetraut hätte.

Im Jahr 1991 bereiste ich mit meiner damaligen Verlobten und heutigen Frau Florida. Anlass war der zehnte Jahrestag meines High School-Abschlusses, auch als Reunion (Wiedervereinigung) bezeichnet. Wir waren zu Gast bei Kent, dem Drummer aus der Big Band. Dank der Korrespondenzen mit seiner Mutter war der Kontakt nie abgebrochen. Sie begrüßten uns mit einer bunten, chemischen Sahnetorte, auf der in den Farben der amerikanischen Flagge stand: „Matt, welcome back to America!" Auch Tony kam mit seiner Frau zu der Party in Cocoa Beach, er trug seine weiße Coast Guard-Uniform. Im Zuge der Feierlichkeiten besuchten wir auch die alten Ginbaughs. Sie hatte sich kaum verändert, er war sterbenskrank. Mr. Ginbaugh, der immer so sportlich und stark gewirkt hatte, stütze sich auf ein Gestell mit einer Sauerstoffflasche und war völlig abgemagert. Er hatte ein Lungenemphysem. Ich war total schockiert. Als er sagte:

„You look good", erwiderte ich:

„You too."

Das war natürlich eine Verlegenheitslüge, denn er sah furchtbar aus. Es war mir peinlich und ich wusste nicht, wie ich mich verhalten sollte. Beide waren sehr nett zu meiner Verlobten und wir hatten ein angenehmes

Gespräch. Über mein Austauschjahr fielen nur ein paar humorvoll gemeinte Spitzen, ansonsten loderte nichts Vergangenes wieder auf. Der Trailer sah noch fast so aus wie damals, auch das Mobilar hatte sich kaum geändert. Im Bad war der Fußboden durchgefault. Für Mrs. Ginbaugh schien das ganz normal. Sie meinte beiläufig, C.J. würde demnächst kommen und ihn reparieren.

Im darauffolgenden Jahr schrieb sie uns einen Weihnachtsbrief, in dem stand:

„I lost Chuck this year."

Chuck – das war Charles Ginbaugh, ihr Mann. Seitdem schreibt sie als einzige meiner Bekannten aus Amerika jedes Jahr einen Weihnachtsbrief, in dem sie über die letzten zwölf Monate berichtet und wir erzählen ihr in unserem Jahresbrief von den Erlebnissen hier bei uns. Das finde ich immer wieder erstaunlich. Vielleicht hat sie mich doch gemocht und konnte das nie zeigen. Bei mir schlägt mitunter das Gewissen an, wenn ich meine Greenhorn-Geschichte durchlese und sehe, was ich mir in meinem Austauschjahr so alles geleistet habe, und wie ich sie aus meiner damaligen Sicht beschrieb. Ich hoffe, ich bekomme nochmal die Gelegenheit, ihr „Sorry" zu sagen. Vielleicht zur vierzigsten High School Reunion.

Seit dem Brand bei den Ginbaughs kann ich bis heute keine elektrischen Geräte in der Nähe meines Bettes haben. Man könnte gewissermaßen sagen, der Vorfall hat mich traumatisiert. Glücklicherweise sind heute Rauchmelder in Wohnräumen vorgeschrieben. Ich hatte einen Schutzengel damals, und das nicht nur einmal. Was hätte nicht alles passieren können bei den unvernünftigen nächtlichen Autorennen um Cocoa, mit denen Tony den dicken Van quälte? Nicht ein einziges Mal legten wir einen Sicherheitsgurt an. Hinten gab es auch gar keine.

Noch eine letzte Anekdote: Wir besuchten auf der Floridareise auch die Niebaums. Chris wirkte verändert. Es stellte sich heraus, dass sie mit meiner Verlobten nicht einverstanden war. Niebaums waren keine Verwandten von uns, nur sehr weitläufige Freunde. Dennoch meinte Chris mir Ratschläge geben zu müssen wie eine Mutter oder Oma, welche Frau zu mir passte und welche nicht. Dabei kann ich bis heute nicht sagen, was ihr eigentlich so an meiner Verlobten mißfallen hat. Vielleicht war es ihre etwas ungeschickte Frage nach einem Nacktbadestrand, welcher mich allerdings ebenfalls interessierte. Wir waren stets Freunde der Freikörperkultur. Andererseits fragt man so etwas auch nicht eine stockkonservative alte Lady aus Chicago im prüden Amerika! Wir hatten im Hause Niebaum gefälligst in getrennten Betten und bei offener Zimmertür zu schlafen! Das erweckte die nicht erloschenen Geister der Rebellion. So erfanden wir den nicht uninteressanten „Silent Sex", der sich später beim Verreisen mit kleinen Kindern als durchaus praktisch erwies...